色エンピツで塗ってみました!

わたしの想い出ノート

四季のふるさと うたのたより

―なつかしい童謡・唱歌・こころの歌とともに―

【新版】

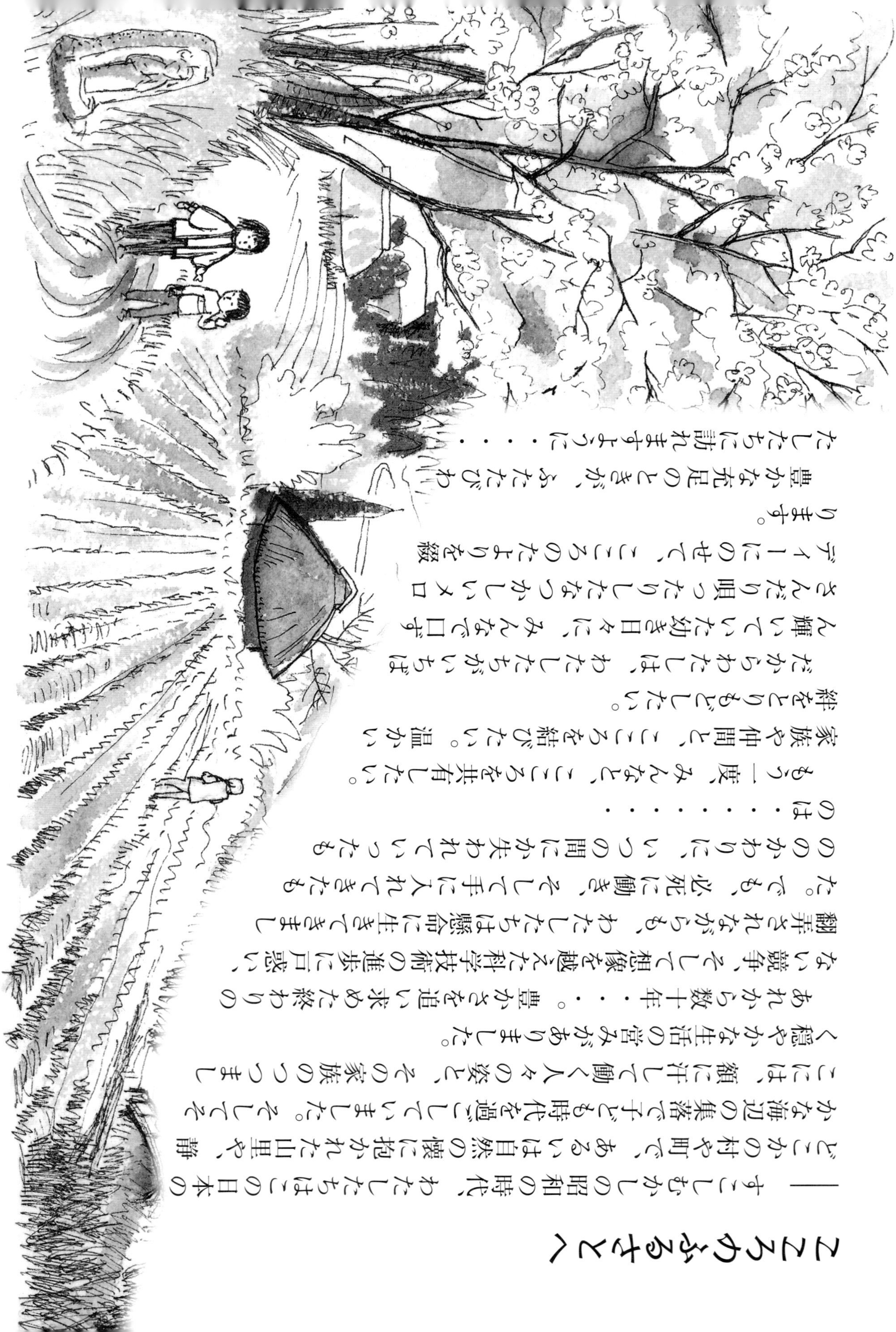

こころのふるさとへ

――すこしむかしの昭和の時代、わたしたちはこの日本のどこかの村や町で、あるいは自然の懐に抱かれた山里や、静かな海辺の集落で子ども時代を過ごしていました。そしてそこには、額に汗して働く人々の姿と、その家族のつつましく穏やかな生活の営みがありました。

あれから数十年・・・豊かさを追い求めた終わりのない競争、そして想像を越えた科学技術の進歩に戸惑い、翻弄されながらも、わたしたちは懸命に生きてきました。でも、必死に働き、そして手に入れてきたもののかわりに、いつの間にか失われていったものは・・・・・・。

もう一度、みんなと、こころを共有したい。温かい家族や仲間と、こころを結びたい。絆をとりもどしたい。

だからわたしは、わたしたちがいちばん輝いていた幼き日々に、みんなで口ずさんだり唄ったりしたなつかしいメロディーにのせて、こころのたよりを綴ります。

豊かな充足のときが、ふたたびわたしたちに訪れますように・・・

春のうた

夏のうた

秋のうた

冬のうた

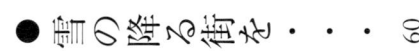

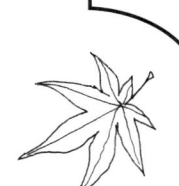

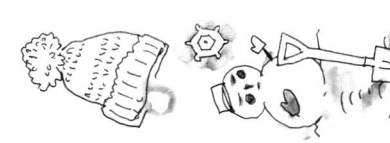

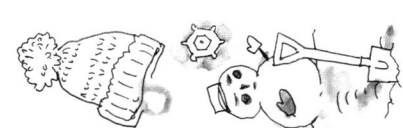

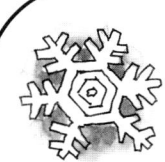

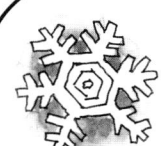

故郷《ふるさと》

兎《うさぎ》追いし
かの山
小鮒《こぶな》釣りし
かの川
夢は今も
めぐりて
忘れがたき
故郷《ふるさと》

如何《いか》に在《い》ます
父母《ちちはは》
恙《つつが》なしや
友がき
雨に風に
つけても
思い出《い》ずる
故郷

志《こころざし》を
はたして
いつの日にか
帰らん
山は青き
故郷
水は清き
故郷

……………　あんなこと　こんなこと　……………

（　　年　　月　　日）記

いつの時代でもわたしたちは、豊かな自然と四季の移ろいを感じながらこの国土に育ち、育てられてきた。誰もが知っている、やわらかく格調高いこの歌「故郷」は、わたしたち日本人がふるさとを想うさまざまな情感に溢れている。ゆったりとやさしいメロディーにのせてこの歌を口ずさむとき、望郷の思いが胸に迫り、懐かしさが込み上げてくる。

歌詞の三番にある「こころざしを果たして　いつの日にか帰らん」は、これからの人生に希望と情熱を抱いて故郷をあとにした青年たちが、ふるさとや父や母に捧げた力強いメッセージでもあっただろう。

時代が移り、人々の暮らしや自然環境がいかに変わろうとも、幼少期に学び、遊び、そして育ったふるさとへの想いや郷愁がなくなることはない。

作詞の高野辰之《たつゆき》（長野県出身）と作曲の岡野貞一（鳥取県出身）のコンビは、この「故郷」をはじめ数多くの童謡、唱歌の名作を世に残した。

作詞／高野辰之 ● 1914　**故郷**　大正３年 ● 作曲／岡野貞一

早春賦《そうしゅんふ》

春は名のみの風の寒《さむ》さや
谷の鶯《うぐいす》　歌は思えど
時《とき》にあらずと　声も立てず
時にあらずと　声も立てず

氷《こおり》解《と》け去《さ》り葦《あし》は角《つの》ぐむ
さては時ぞと　思うあやにく
今日《きょう》もきのうも　雪の空
今日もきのうも　雪の空

春と聞《き》かねば　知らでありしを
聞けば急《せ》かるる　胸《むね》の思《おもい》を
いかにせよとの　この頃《ごろ》か
いかにせよとの　この頃か

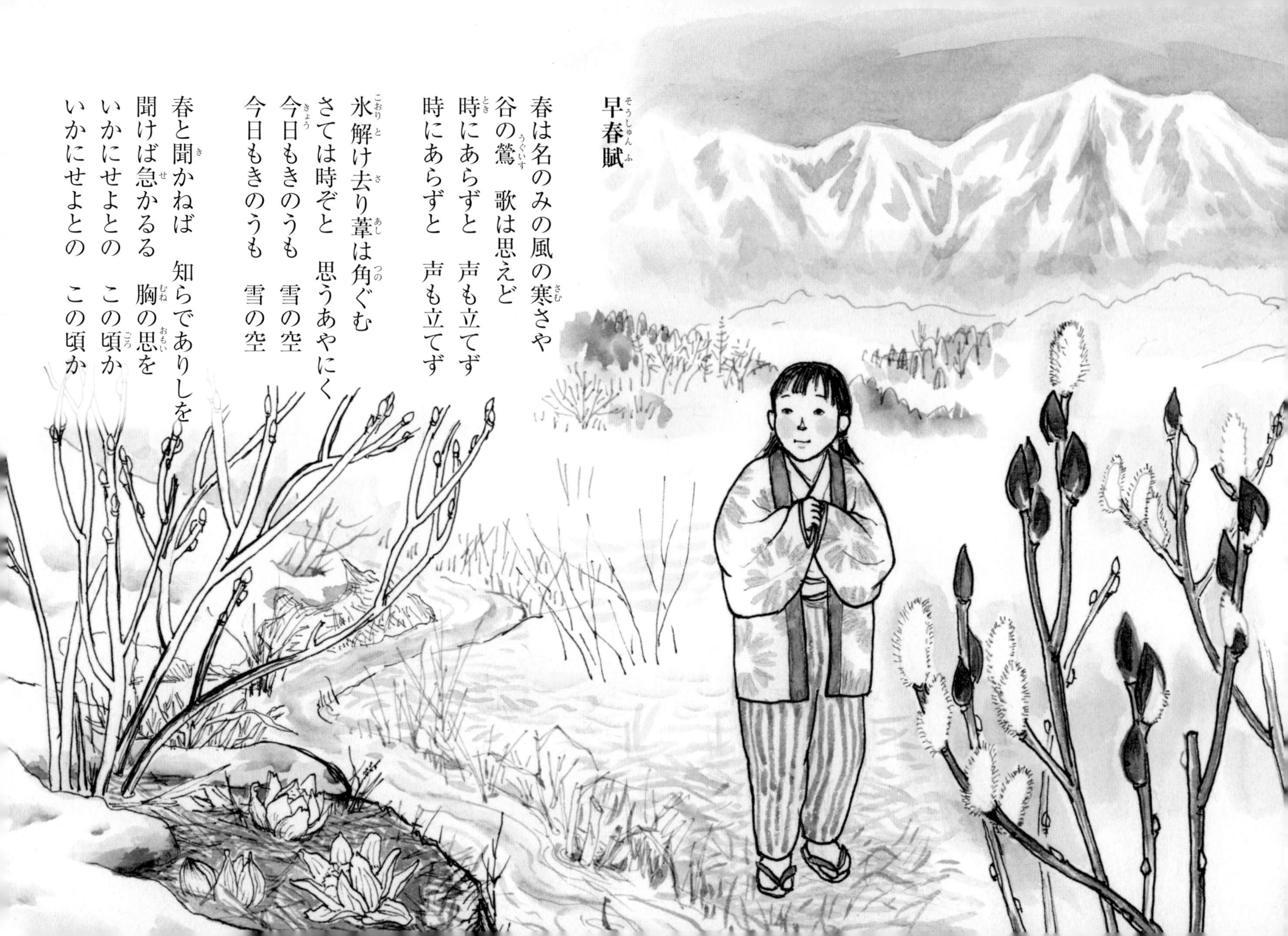

あんなこと　こんなこと

（　　年　月　日）記

早春賦

作詞／吉丸一昌　●　1913　早春賦　大正２年　●　作曲／中田章

この歌は東京音楽学校（現・東京芸術大学音楽学部）教授の吉丸《よしまる》一昌《かずまさ》が信州安曇野を舞台に作詞したといわれる。

吉丸一昌は、自分が作詞した歌詞を東京音楽学校の学生たちに作曲の課題として与えていたという。「早春賦」もそうしてできた歌のひとつで、当時学生だった中田章（東京出身）が美しくのびのびとした旋律の曲をつけたことで後世に残るこの名歌が誕生したのである。

はるはなのみのかぜのさむさやーた
にのうぐいすうたはおもえどーと
きにあらずーとこえもたーてずーときにあら
ずとこえーもたーてずー

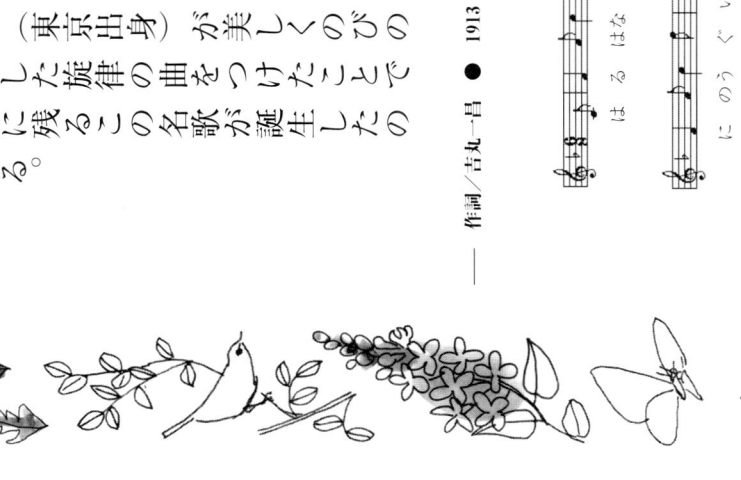

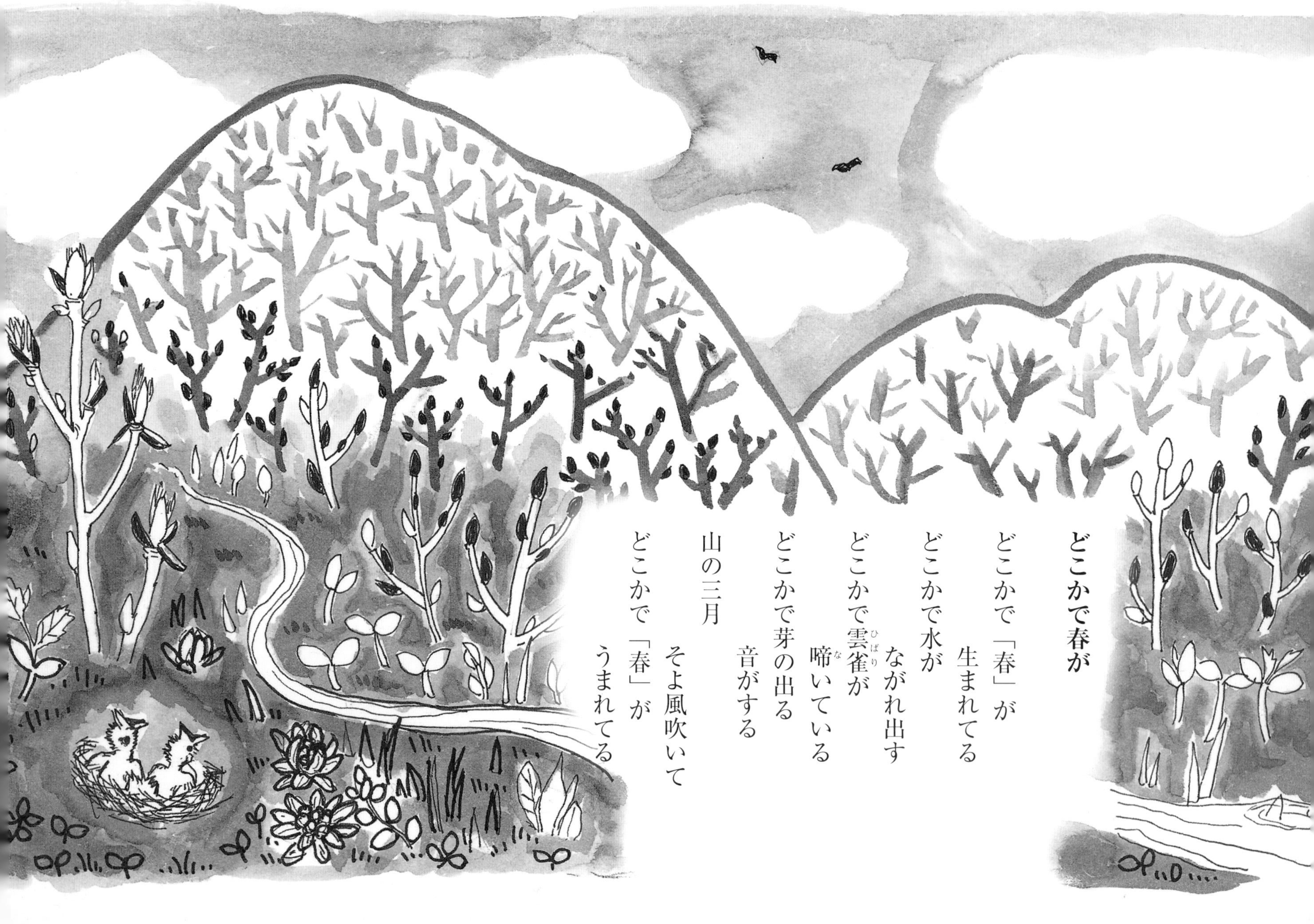

どこかで春が

どこかで「春」が　生まれてる
どこかで水が　ながれ出す
どこかで雲雀《ひばり》が　啼《な》いている
どこかで芽の出る　音がする
山の三月　そよ風吹いて
どこかで「春」が　うまれてる

あんなこと　こんなこと

（　　年　　月　　日）記

大正デモクラシーと言われた時代の開放的で明るい雰囲気が詞にも曲にも感じられる歌である。雪融けの水が流れ始め、春の訪れを告げると、小鳥や木の芽が一斉に踊り出す。三番の歌詞「山の三月　そよ風吹いて」で抒情詩人・百田《ももた》宗治《そうじ》は里山一面に春が来た喜びを爆発させた。

雪深く冬の長い北信の長野市で生まれ育った作曲の草川信も、春の訪れの喜びをのびやかな明るい旋律で抒情豊かに表現している。

しかし、この明るく楽しげな時代はほどなく暗転し、戦争の影がしだいにしのび寄る昭和の時代へと向かっていくのである。

―― 作詞／百田宗治 ● 1923 どこかで春が 大正12年 ● 作曲／草川信 ――

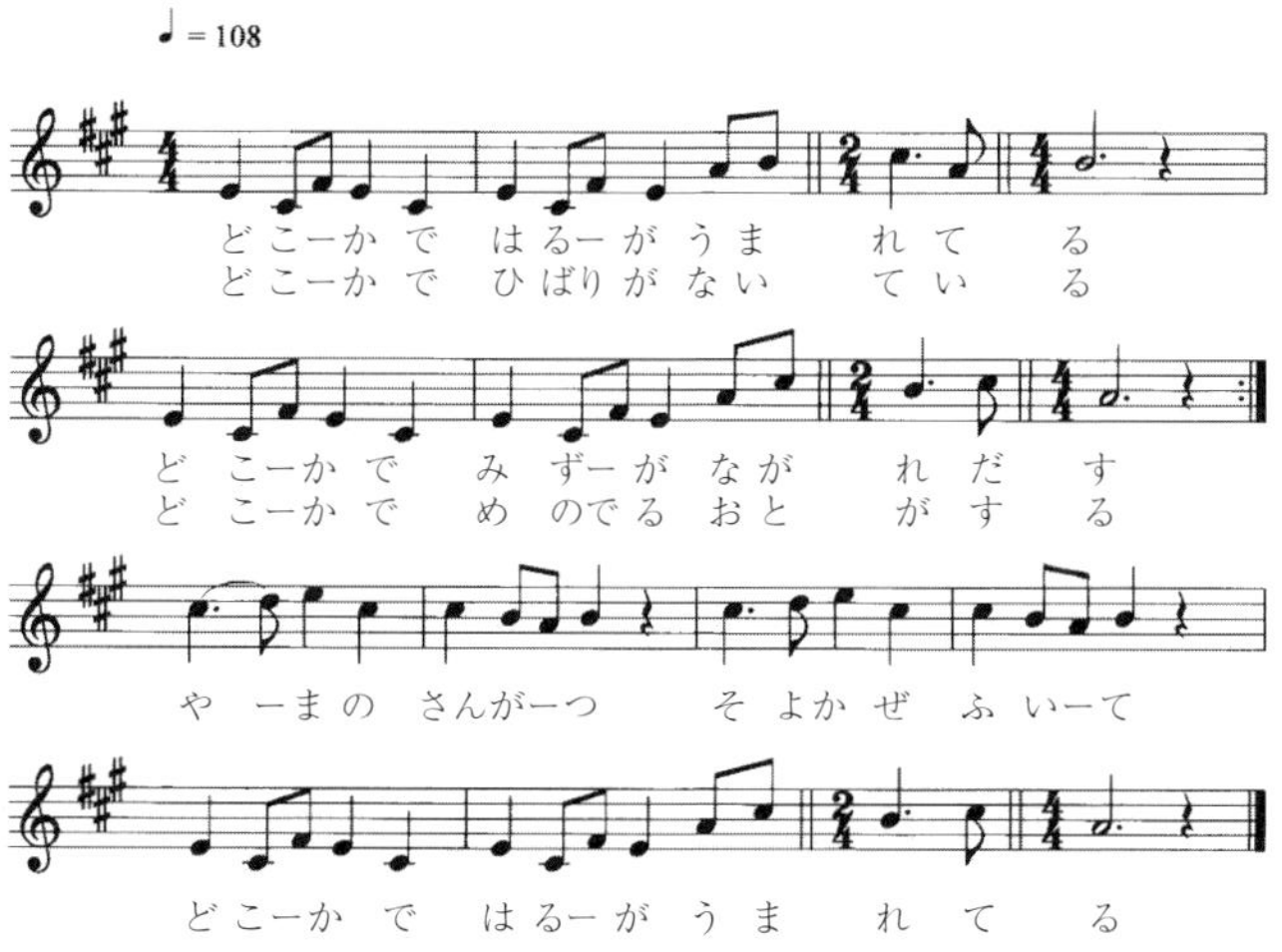

春が来た

春が来た　春が来た
どこに来た
山に来た　里に来た
野にも来た
花がさく　花がさく
どこにさく
山にさく　里にさく
野にもさく
鳥がなく　鳥がなく
どこでなく
山でなく　里でなく
野でもなく

……あんなこと　こんなこと……

（　　年　　月　　日）記

春が来た

作詞／高野辰之 ● 1910　明治43年 ● 作曲／岡野貞一

この歌は、明治新政府下の文部省が、はじめて「尋常小学校読本唱歌」として選び、収録した27曲の唱歌のなかのひとつである。「文部省唱歌」という呼称もここから生まれたとされている。

雪深く長い冬が続く地方の山村では、春が本当に待ち遠しい。作詞の高野辰之は、すべて五音の簡潔な言葉と歯切れのよい繰り返しの言葉で待ちに待った春の到来を見事に表現し、作曲の岡野貞一も、こうした春の訪れの喜びをリズム感豊かに、楽しく、やさしく、そして軽快に表現している。

明治の時代に作られ、今なお多くの人々に歌い継がれている歌は、そんなに多くはないだろう。この歌はそんな数少ない歌のひとつである。

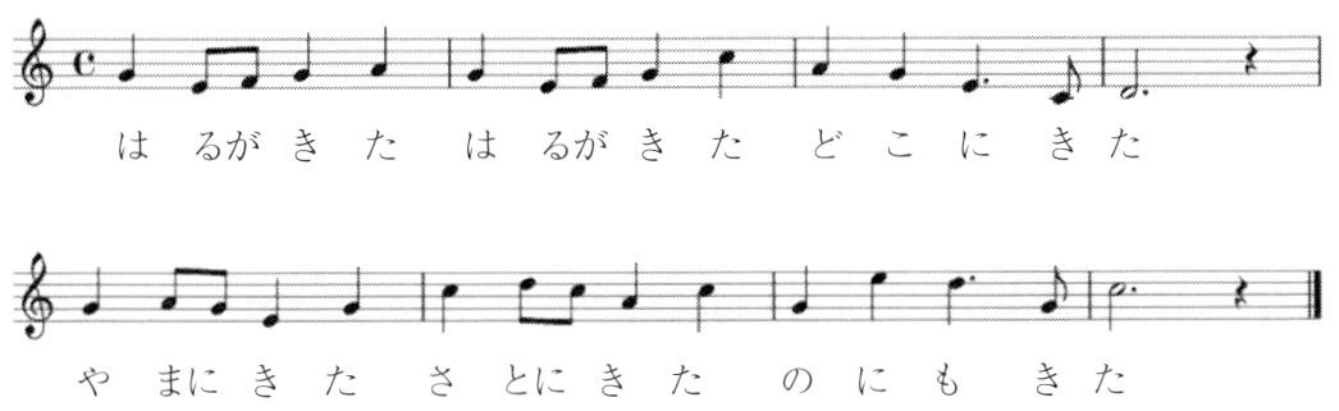
はるがきた　はるがきた　どこにきた
やまにきた　さとにきた　のにもきた

春の小川

春の小川は
さらさら行くよ
岸のすみれや　れんげの花に
すがたやさしく　色うつくしく
咲けよ咲けよと　ささやきながら

春の小川は
さらさら行くよ
えびやめだかや　こぶなのむれに
今日も一日　ひなたでおよぎ
遊べ遊べと　ささやきながら

……あんなこと　こんなこと……

（　　年　　月　　日）記

この歌の原詩は大正元年に発表されている。作詞した高野辰之は、東京の代々木に住んでいたが、当時はそのあたりにはのどかな田園風景もあり、きれいな小川も流れていたという。高野はふるさと信州の山里の春の情景も重ね合わせながら、この歌の作詞をしたのではなかろうか。

昭和17年にこの歌詞は、従来の文語体からわかり易い口語体に作り替えられ、昭和22年にも一部変更があったが、以後はそれで定着し、多くの人に知られている現在の歌詞となっている。

作詞／高野辰之 ● 1942　春の小川　昭和17年 ● 作曲／岡野貞一

（補作詞／林柳波）

♩= 104
はーるの　おがわは　さらさら　いくよ
きーしの　すみれや　れんげの　はなに
すーがた　やさしく　いろうつ　くしく
さーけよ　さけよと　ささやき　ながら

仰げば尊し

仰げば尊し　わが師の恩
教えの庭にも　はや幾年《いくとせ》
思えば　いと疾《と》し　この歳月《としつき》
今こそわかれめ　いざ　さらば

互いに睦《むつ》みし　日頃の恩
別るる後《のち》にも　やよ忘るな
身を立て　名をあげ　やよ励めよ
今こそわかれめ　いざ　さらば

朝夕《あさゆう》なれにし　まなびの窓
蛍のともし火　積む白雪《しらゆき》
忘るる間《ま》ぞなき　ゆく歳月《としつき》
今こそわかれめ　いざ　さらば

…………あんなこと　こんなこと…………

（　　年　　月　　日）記

ある年代以上の日本人が、学校の卒業式で歌った歌は？と問われれば誰もがこの「仰げば尊し」と答えるであろう。それほどこの歌は、戦前、戦後を問わず、長い間卒業式で歌われてきた定番の唱歌であった。

別れの寂しさと新しい出発への期待と不安。さまざまな感情が交錯する卒業式。厳粛な雰囲気のなかでの恩師や友人たちとの惜別、そして青春の舞台であった学び舎に別れを告げる日。この旋律が流れ始めると、過ぎし日へのいとおしい想い出がかけめぐり、涙が溢れ出す……。昭和世代にとって忘れがたい想い出の歌である。

ただ、この歌は文語調の難しい歌詞なので、その意味が正確には理解されずに歌われていたこともあるようである。

作詞／不詳 ● 1884　仰げば尊し　明治17年 ● 作曲／不詳

♪=120
あおげばとうとし　わがみのおんーお
しえのにわにも　はや　いくとせーお
もえば　いととし　このとしつきーい
まこそわかれめ　いざ　さらーばー

※「いと疾《と》し」……とても早く
※「わかれめ」……別れましょう

朧《おぼろ》月夜

菜の花畠《ばたけ》に　入り日薄れ
見わたす山の端《は》　霞《かすみ》ふかし
春風そよふく　空を見れば
夕月《ゆうづき》かかりて　におい淡《あわ》し

里わの火影《ほかげ》も　森の色も
田中の小路《こみち》をたどる人も
蛙《かわず》のなく音《ね》も　かねの音《おと》も
さながら霞《かす》める朧《おぼろ》月夜

あんなこと　こんなこと

（　　年　　月　　日）記

作詞の高野辰之は信州・豊田村（現・中野市）の出身。作曲家、岡野貞一とのコンビで「故郷」をはじめ数々の文部省唱歌を世に送り出した。この「朧月夜」も、菜の花が咲き乱れる春の宵、夕暮れ時の日本の山村風景が抒情豊かに表現されており、今でも多くの人々の愛唱歌となっている。

高野辰之は72才で没したが、今では故郷に「高野辰之記念館」が建立されており、さらに晩年を過ごした野沢温泉村にも記念館「おぼろ月夜の館」がある。

一方、作曲の岡野貞一の出身地の鳥取市にも、生家近くに「おぼろ月夜」の音楽碑がある。

作詞／高野辰之 ● 1914 **朧月夜** 大正3年 ● 作曲／岡野貞一

♩=80
なのは なばた けーに い り ひうす れ みわ
た すやま のー は か す み ふか し はる
か ぜ そよ ふー く そー ら を みれ ば ゆう
づ き かか りー て に お い あわ し

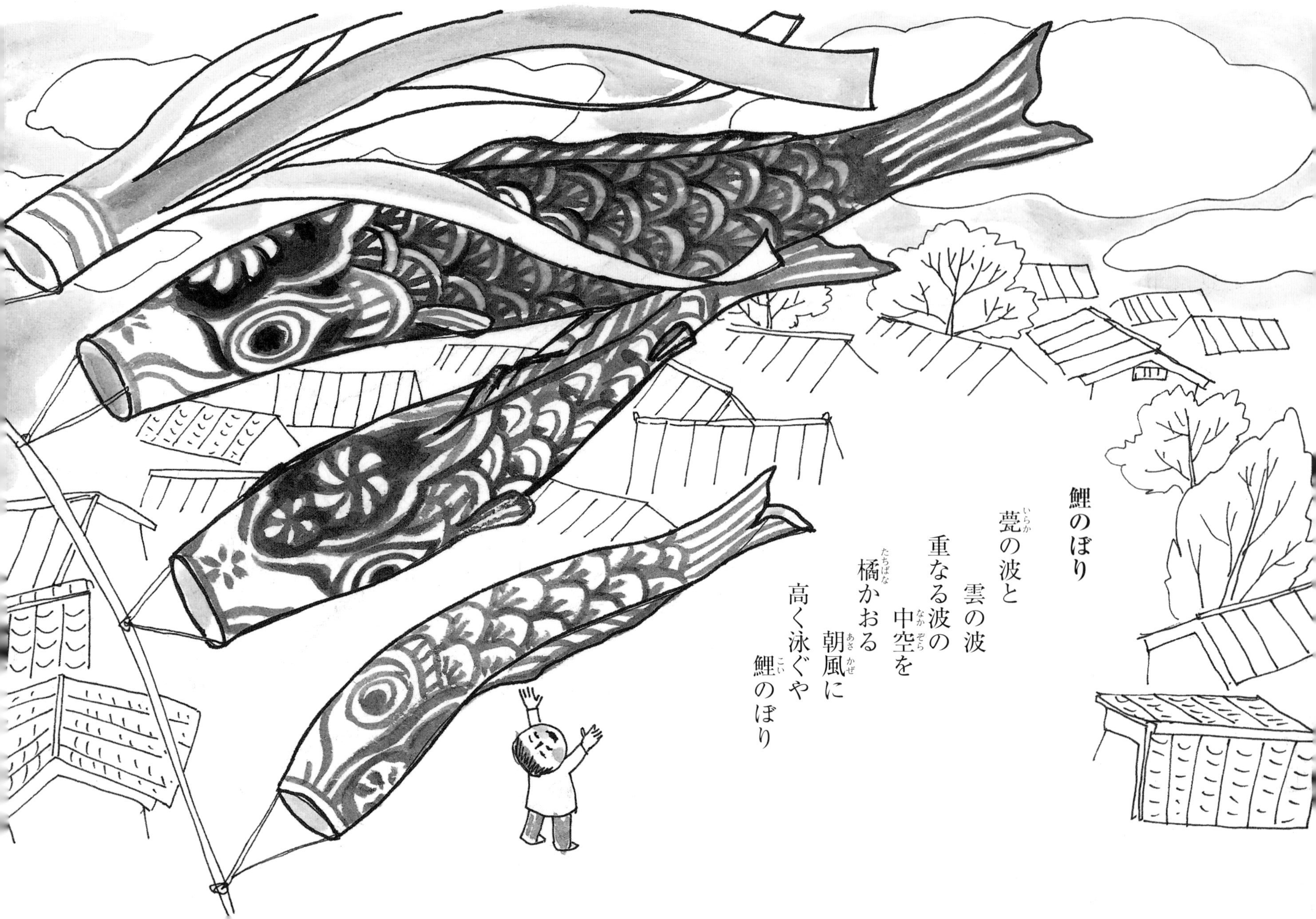

鯉のぼり

甍《いらか》の波と
雲の波
重なる波の
中《なか》空《ぞら》を
橘《たちばな》かおる
朝《あさ》風《かぜ》に
高く泳ぐや
鯉《こい》のぼり

……あんなこと　こんなこと……

（　　年　月　日）記

青葉が繁り、風薫る五月。鯉のぼりが空高く風にたなびいている風景が目にはいると、自然とこの歌のメロディーが浮かんでくる人も多いのではないだろうか。

この「鯉のぼり」の歌は、広田龍太郎が東京音楽学校（現・東京芸術大学音楽学部）在学中に作曲したといわれている。広田はその後、母校の教師や文部省の音楽関係の委員などを歴任したが、大正期に児童文学者の鈴木三重吉が創刊した童話雑誌『赤い鳥』の創作運動に共鳴して、数々の優れた童謡作品を世に残した。広田の故郷の高知県安芸市には記念の歌碑が建立されている。

なお、この唱歌の作詞者については不明のままである。

鯉のぼり

作詞／不詳 ● 1913　大正2年 ● 作曲／弘田龍太郎

♩＝96
いーらーか のなーみーと　くーもーのな　み
かーさーな るなーみーの　なーかーぞら　を
たちばなかーおーる　あ さーかぜ　に
たかく　おーよーぐや　こ いーの ぼ り

※「橘《たちばな》」……みかんなど柑橘《かんきつ》類。初夏になると白い花が芳香を放つ。

みかんの花咲く丘

みかんの花が　咲いている
思い出の道　丘の道
はるかに見える　青い海
お船がとおく　かすんでる

黒い煙を　はきながら
お船はどこへ　行くのでしょう
波に揺られて　島のかげ
汽笛がぼうと　鳴りました

いつか来た丘　母さんと
いっしょに眺めた　あの島よ
今日もひとりで　見ていると
やさしい母さん　思われる

あんなこと　こんなこと

（　　年　　月　　日）記

みかんの花咲く丘

作詞／加藤省吾 ● 1946　　昭和21年 ● 作曲／海沼実

戦後の日本で最初の大ヒット曲となった童謡がこの「みかんの花咲く丘」である。終戦一年後の昭和21年8月25日、NHKラジオの中継番組のなかで、伊豆半島の伊東から童謡歌手、川田正子の澄んだ明るい歌声でこの歌が日本全国に生放送された。

作曲を担当した海沼実はこの時、川田正子に同行しており、前日の東京から伊東行きの電車のなかでこの歌のメロディーを書き上げたという。

川田正子は戦時中、空襲が激しくなっても疎開せず、東京のスタジオから元気な歌声を全国に送り続けた少女歌手であった。

一方、作詞の加藤省吾は静岡県富士市出身。みかん畑は幼い頃からの馴染みの風景でもあったという。この歌の一、二番はこうしたのどかな情景がのびのびと描写されているが、三番では母親への思慕が強く詠われている。加藤には、幼少期に家の事情で母と離れて暮らさなければならない悲しい日々の記憶があったという。三番の歌詞は、こうしたひとりの作詞家の人生の悲哀のなかから生み出されたものだとも言われている。

♩.=76
みかんのはなが　さーいているー
おもいでのみちー　おかのーみちー
はるかにみえる　あおいうみー
おふねーがとおく　かすんでるー

夏は来ぬ

卯《う》の花の　匂《にお》う垣根《かきね》に
時鳥《ほととぎす》　早《はや》も来鳴《きな》きて
忍《しの》び音《ね》もらす　夏は来《き》ぬ

さみだれの　注《そそ》ぐ山田に
早乙女《さおとめ》が　裳裾《もすそ》濡らして
玉苗《たまなえ》植《う》うる　夏は来《き》ぬ

あんなこと　こんなこと

（　　年　　月　　日）記

作詞の佐佐木信綱（三重県鈴鹿市出身）は生涯を通しての万葉集の研究家であり、著名な歌人、国文学者である（昭和38年没）。この歌の歌詞は、五・七・五・七・七の短歌の形式を踏まえながら、最後にすべて「夏は来ぬ」の五音を加え、リズムよく締めている。また、万葉集などの日本の伝統的な美意識も感じさせながら、初夏の季節の情景が描写されている。季節の移り変わりの四季がある日本では、古来から季節に因んだ行事が沢山ある。その中で日本独特の美意識や言葉が育まれてきた。この歌「夏は来ぬ」の歌詞は文語表現であり、理解が難しいと思われるが、この歌を聞くと、なんとなく初夏の風情を感じとることができるのは、そうした文化の伝統があるからではなかろうか。

なおこの歌は、作曲の小山作之助が曲を作ったのち、短歌を通じて親交があった佐佐木信綱に作詞を依頼したといわれている。

※「卯《う》の花」……ウツギの花

※「夏は来《き》ぬ」‥夏は来た

作詞／佐佐木信綱 ● 1900　夏は来ぬ　明治33年 ● 作曲／小山作之助

うのはなのにおうかきねに　ほととぎす　はやもきなきて
しのびーねもーらーす　なつーはきぬ

夏の思い出

夏がくれば
　思い出す
はるかな尾瀬《おぜ》
　遠い空
霧《きり》のなかに
　うかびくる
やさしい影
　野の小径《こみち》
水芭蕉《みずばしょう》の花が
　咲いている
夢みて咲いている
　水のほとり
石楠花色《しゃくなげいろ》に
　たそがれる
はるかな尾瀬
　遠い空

夏がくれば
　思い出す
はるかな尾瀬
　野の旅よ
花のなかに
　そよそよと
ゆれゆれる
　浮き島よ
水芭蕉の花が
　匂っている
夢みて匂っている
　水のほとり
まなこつぶれば
　なつかしい
はるかな尾瀬
　遠い空

あんなこと　こんなこと

（　　年　月　日）記

15年も続いた昭和の暗い戦争の時代がやっと終わり、戦後しばらくしてNHKでは家族みんなで楽しめる新しい音楽番組「ラジオ歌謡」が始まっていた。この番組から昭和24年、この「夏の思い出」は生まれ、大きな反響と共感を呼んだのである。それは、この歌のなかで描かれている静かでやさしく、そして広大な尾瀬の大自然の姿と、長かった戦争が終わり、自由で開放された人々の平和を願う心情とが心地よく響き合ったからではないだろうか。

作詞したのは抒情詩人の江《え》間《ま》章《しょう》子《こ》（新潟県出身）。戦時中に疎開していた群馬県で水芭蕉の白い花が咲いていた尾瀬の思い出をもとに、この歌の作詞をしたという。

作曲の中田喜《よし》直《なお》は戦後世代なら誰しも聞き覚えのある作曲家であり、わたしたちの耳に馴染みのある数多くの名曲を生み出している。

夏が近づき、この歌のメロディーが聞こえてくると、登山家ならずとも〝尾瀬〟への憧れの気持ちが自然と湧いてくる。

夏の思い出

作詞／江間章子　●　1949　昭和24年　●　作曲／中田喜直

♩=66
なつがくれば　おもいだす　はるかなおぜ　とおいそら
きりのなかに　うかびくる　やさしいかげ　のこみち
みずばしょうのはながさいている　ゆめみてさいている　みずのほとり
しゃくなげいろに　たそがれる　はるかなおぜ　とおいそら

雨

雨がふります　雨がふる
遊びにゆきたし　傘《かさ》はなし
紅《べに》緒《お》の木履《かっこ》も　緒《お》が切れた

雨がふります　雨がふる
いやでもお家《うち》で　遊びましょう
千代紙《ちよがみ》折りましょう
たたみましょう

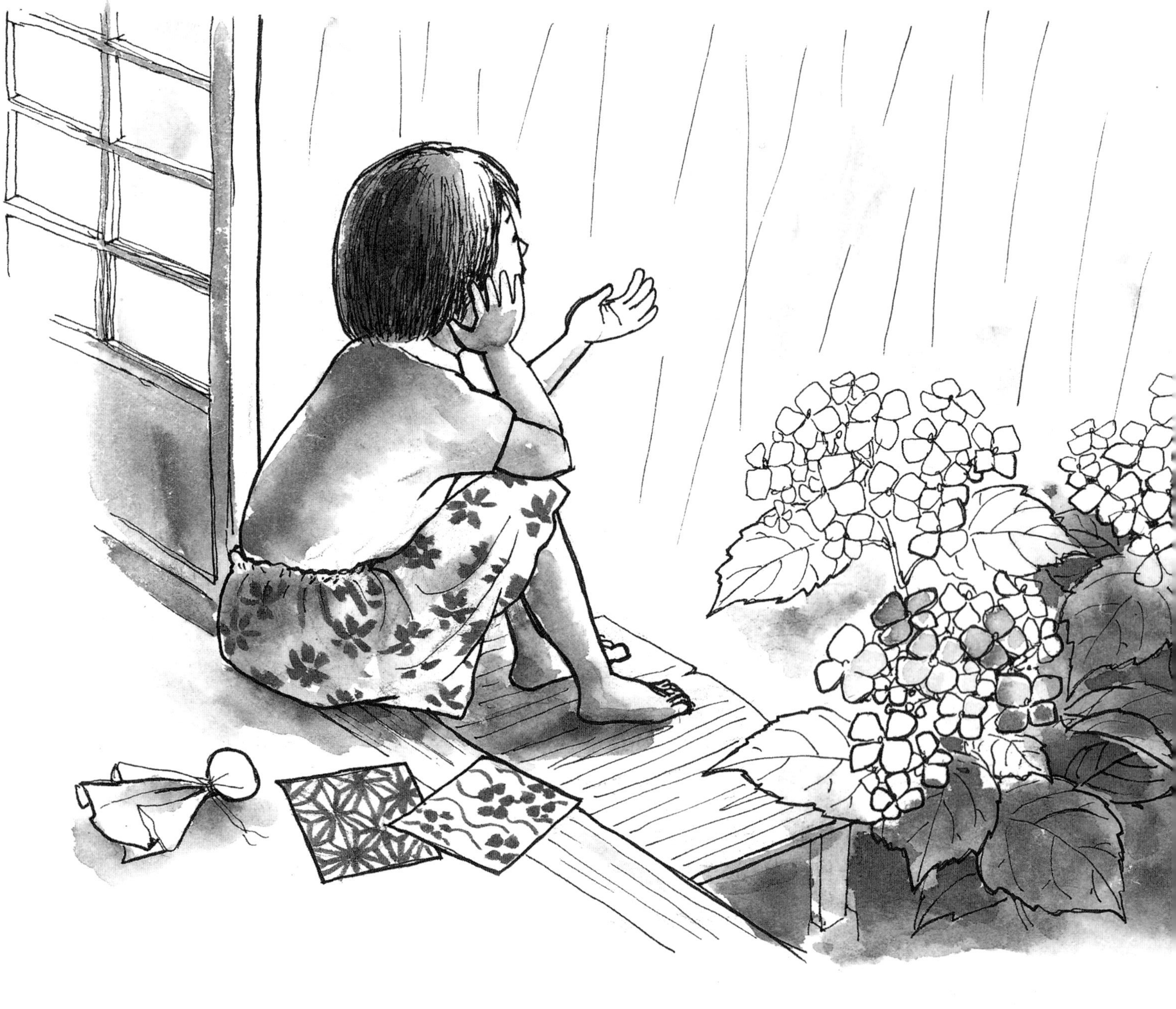

……… あんなこと　こんなこと ………

（　　年　　月　　日）記

この童謡「雨」は大正7年、創刊まもない雑誌『赤い鳥』（鈴木三重吉が創刊）に、先ず北原白秋の詞が掲載、発表された。翌年には成田為三《ためぞう》の作曲でメロディーも発表されたのだが、その二年後の大正10年には弘田龍太郎により新たな作曲が行われた。以後これが定着して、今の私たちに馴染みのメロディーとなっている。

長く雨が続く季節、外で遊べない女の子の心情がこまやかに綴られており、さらにそうした女の子の描写を通して、日本独特の梅雨《つゆ》時《どき》の風情も見事に描き出している歌詞である。

※「紅緒《べにお》」……赤い鼻緒《はなお》のこと

※「木履《かっこ》」……下駄《げた》の幼児語

作詞／北原白秋 ● 1918 **雨** 大正7年 ● 作曲／弘田龍太郎

♩＝90
あ め が ふ りま す あ めが ふ る
あ そびに ゆ きた し か さーはな し
べ におのか っこ も お がきれ た

たなばたさま

ささの葉　さらさら
のきばに　ゆれる
お星さま　きらきら
きん　ぎん　砂子《すなご》
五しきの　たんざく
わたしが　かいた
お星さま　きらきら
空から　みてる

あんなこと　こんなこと

（　　年　月　日）記

七月七日は七夕《たなばた》の日。年に一度、この日に天の川を渡って織姫星が彦星に会うという。日本の伝統的な民俗行事のなかでも「たなばた」はその代表的なもののひとつであろう。

その七夕を珠玉の童謡に綴ったのが権藤はなよ（山梨県出身、旧姓伊藤）である。はなよは、夜空の星が本当に美しく輝く八ヶ岳山麓のちいさな村で生まれ育った。長じて、地元の小学校の教員となったが、文学への夢断ちがたく、ほどなく上京して野口雨情に師事するなど、童謡詩人としての道を終生歩むことになったのである。今では、故郷（韮崎市穴山町）のさくら公園に童謡「たなばたさま」の詩碑が建立されている。

作詞／権藤はなよ ● 1941 たなばたさま 昭和16年 ● 作曲／下総皖一

♩= 126
さ さ の は さ ら さ ら
の き ば に ゆ れ る
お ほ し さ ま き ら き ら
き ん ぎ ん す な ご

花　火

どんとなった　花火だ
きれいだな
空いっぱいに　ひろがった
しだれやなぎが
ひろがった

あんなこと　こんなこと

（　　年　　月　　日）記

この歌の作詞をした井上赳《たけし》は島根県出身の国文学者。文部省の官僚となってからは戦前の国定国語教科書『サクラ読本』の編集の中心となった。以後、小学唱歌の作詞も数多く手掛けており、この「花火」の他にもよく知られている唱歌に「電車ごっこ」「蛍」などがある。

※二番の歌詞は次の通り

どんとなった　なんびゃく
あかいほし
いちどにかわって　あおいほし
もいちどかわって　きんのほし

作詞／井上赳 ● 1941 **花火** 昭和16年 ● 作曲／下総皖一

♩= 96
どんとなった　は　な　び　だ　き　れい　だ　な
そ　らいっ　ぱ　ー　い　に　ひ　ろ　が　っ　た
し　ー　だ　れ　や　なー　ぎ　が　ひ　ろ　が　っ　た

夕日

ぎんぎんぎらぎら
夕日が沈む
ぎんぎんぎらぎら
日が沈む
まっかっかっか
空の雲
みんなのお顔も
まっかっか
ぎんぎんぎらぎら
日が沈む

あんなこと　こんなこと

（　　年　　月　　日）記

作詞の葛原《くずはら》しげるは「村祭」や「とんび」など自由でのびのびした童謡を書いたことで知られる作詞家である。

大正デモクラシーの旗手として知られる児童文学者の鈴木三重吉を中心とした新しい芸術運動の空気のなかで、葛原も従来の堅苦しさから解放された自由な楽しい歌を子どもたちに歌ってもらいたいと願い、仲間の音楽家たちと新しい童謡づくりに挑戦していたのである。この「夕日」も、真っ赤な夕日が西の空に沈んでゆくありさまを子どもたちの目線でいきいきと表現している。

葛原は一九六一（昭和36）年に75才で亡くなるまで、千曲以上の童謡や学校校歌の歌詞を書き続けたという。

作詞／葛原しげる ● 1921　夕日　大正10年 ● 作曲／室崎琴月

♩= 96
ぎん ぎん ぎら ぎら ゆう ひ が し ず む
ぎん ぎん ぎ ら ぎ ら ひ が し ず む
まっ かっ かっ か そ ら の く も
みん な の お か お も まっ かっ か
ぎん ぎん ぎ ら ぎ ら ひ が し ず む

小さい秋見つけた

だれかさんが　だれかさんが
だれかさんが　見つけた
小さい秋　小さい秋
小さい秋　見つけた
目かくし鬼さん　手のなる方へ
すましたお耳に　かすかにしみた
呼んでる口笛　もずの声
小さい秋　小さい秋
小さい秋　見つけた

……… あんなこと　こんなこと ………

（　　年　　月　　日）記

灼熱の夏の太陽が降り注ぐ季節が終わり、少しずつ秋の気配が感じられてくると、なぜか淋しい思いにかられてくることがある。季節の移ろいのなかで、この歌はそうしたわたしたちの過ぎし日、幼少期へのさまざまな想いを紡ぎださせてくれる。

作詞のサトウハチローは、戦後の焼け跡の街に響いた「リンゴの唄」（並木路子《なみきみちこ》の元気な歌声で大ヒットした）や「長崎の鐘」の作詞者として知られている。戦前から作詞家西《さい》条《じょう》八十《やそ》に師事するなど、詩人として努力を重ねて来た人である。戦後は童謡の作詞にも情熱を傾けて、「うれしいひなまつり」「もずが枯木で」など数多くの親しみやすい優れた作品を残した。

東京・市ヶ谷生まれのサトウハチローだが、今では北の地の岩手県北上市に子息の手によって記念館が建立されている。

● 1955　小さい秋見つけた　昭和30年 ●

作詞／サトウハチロー　作曲／中田喜直

♩＝80
だ れかさんが だ れかさんが　だ れかさんが みつけ た
ちいさい あ　きちいさいあ き　ちいさいあ き　みつけた
め　かくしお　にさん　て　のなるほう へ
す ましたおみみに　かすかにしみ た
よ　んでるくちぶえ　もずのこえ
ちいさい あ　きちいさいあ き　ちいさいあ き　みつけた

村祭

村の鎮守《ちんじゅ》の神様の
今日はめでたい
御祭日《おまつりび》
ドンドンヒャララ
ドンヒャララ
ドンドンヒャララ
ドンヒャララ
朝から聞こえる
笛太鼓《ふえたいこ》

年も豊年満作で
村は総出の
大祭
ドンドンヒャララ
ドンヒャララ
ドンドンヒャララ
ドンヒャララ
夜までにぎわう
宮の森

あんなこと　こんなこと

（　　年　　月　　日）記

この歌を作曲した南能衛《みなみよしえ》（香川県小豆島出身）は、東京音楽学校卒業後、師範学校の教師をつとめたが、後に母校の助教授となった。さらに文部省唱歌の編集委員を歴任するなど幅広く音楽教育に尽力した音楽家であった。この唱歌「村祭」は南能衛が東北地方を旅行した際、ある農村のお祭りに出遇い、そのときの雰囲気、印象が、この歌のメロディーに結びついたという。

作詞の葛原《くずはら》しげるは、従来の文部省唱歌の枠を超えた自由で楽しい童謡づくりを目指した作詞家だった。昭和17年、国民学校の教科書にこの歌は掲載されたが、その際、若干の歌詞の変更があったという。おそらく当時の世相を考慮してのことだったと思われる。ところが戦後になると、逆にこの歌の歌詞の一部が民主主義的な考え方に合致しないということで変更された部分があったのである。

このように、時代に翻弄されてきた唱歌「村祭」ではあったが、百年以上たった今でも、秋になり稲穂が豊かに実り始めると、どこからか笛や太鼓の音に乗ってこの歌が聞こえて来るような気がする。

作詞／葛原しげる ● 1912　**村祭**　明治45年 ● 作曲／南能衛

♩=84
むらのちんじゅのかみさまの
きょうはめでたいおまつりび
どんどんひゃらら　どんひゃらら　どんどんひゃらら　どんひゃらら
あさからきこえるふえたいこ

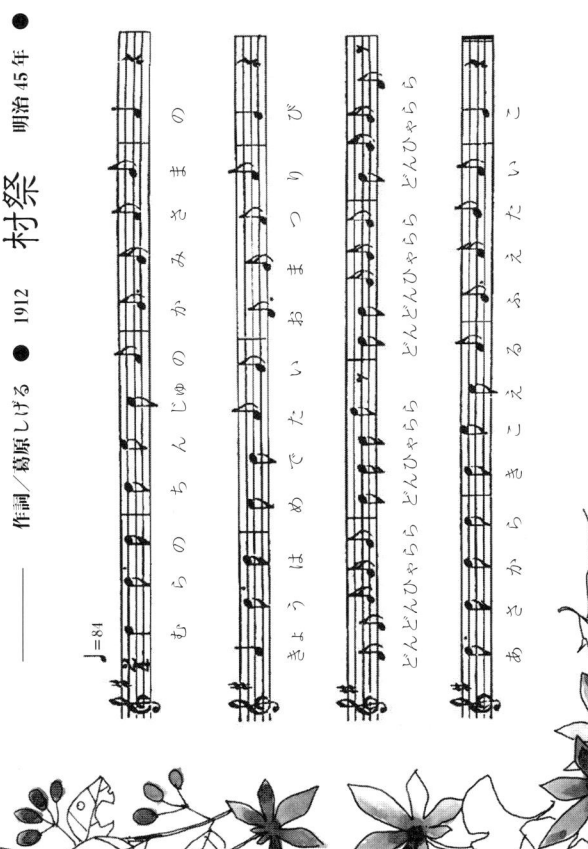

赤とんぼ

夕やけ小やけの
赤とんぼ
負《お》われて見たのは
いつの日か

山の畑の
桑《くわ》の実を
小籠《こかご》に摘《つ》んだは
まぼろしか

十五で姐《ねえ》やは
嫁に行き
お里のたよりも
絶えはてた

夕やけ小やけの
赤とんぼ
とまっているよ
竿《さお》の先

…………　あんなこと　こんなこと　…………

（　　年　　月　　日）記

詩人の三木露風《ろふう》（兵庫県たつの市出身）が函館のトラピスト修道院で文学の講師をしていたとき（大正時代）のこと、教会の窓の外に飛んでいる赤とんぼを見て、遠い日の記憶のなかにある幼き日の自分の姿が思い出され、この詩を創作したという。

のちに作曲家の山田耕筰《こうさく》がこの詩に曲をつけ、歌として発表されたのは昭和2年のことである。このとき露風は病《やまい》を得て、すでに函館を去り、東京に戻っていた。

露風は両親の離婚で幼い頃に母親とは生き別れとなり、子守の娘に育てられている。このことから歌詞にある「負われて見たのは・・」はこの子守の少女に背負われて見たということであり、三番の歌詞の「十五で姐やは　嫁に行き」につながっている。

一方、作曲の山田耕筰も若いときに母親を病気で亡くしている。

作詞／三木露風 ● 1921　**赤とんぼ**　大正10年 ● 作曲／山田耕筰

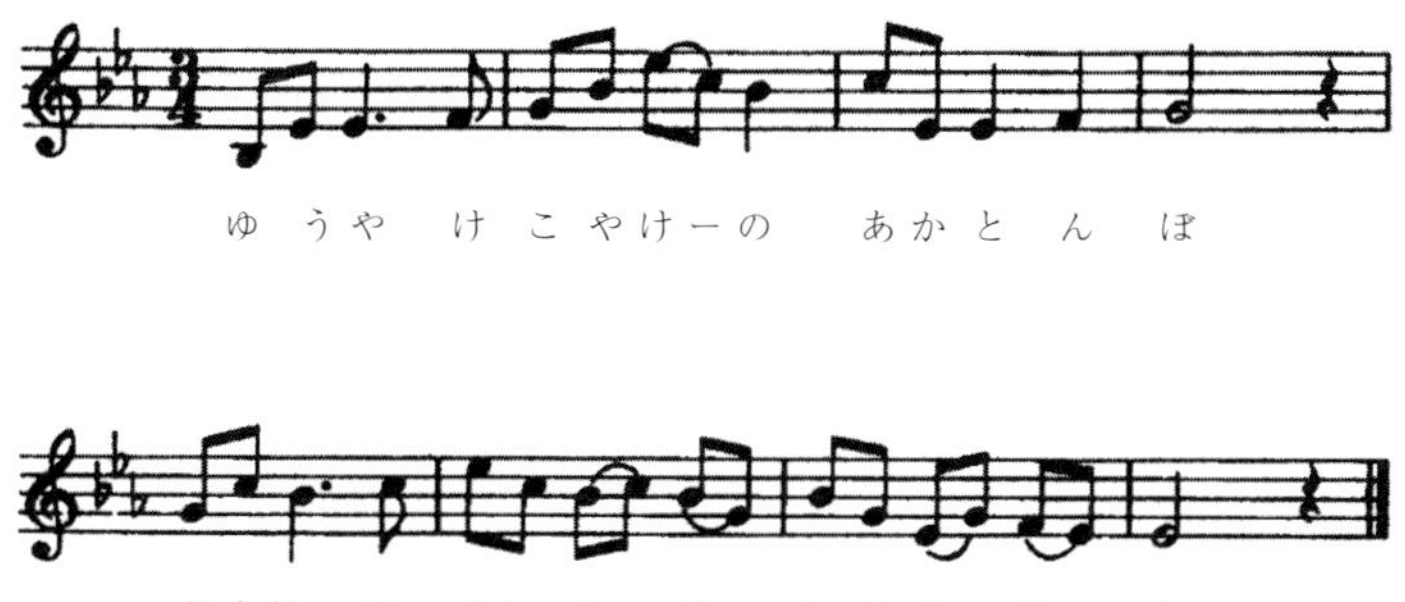
ゆ うや け こ やけーの あ か と ん ぼ
おわれ て みた のー はー いつ のー ひー か

この童謡が全体として哀愁や寂寥感を感じさせるのは、作詞、作曲者が共通して抱いていた母親への思慕や喪失感によるものだともいわれている。

里の秋

静かな静かな　里の秋
お背戸《せど》に木の実の　落ちる夜は
ああ　母さんと　ただ二人
栗の実　煮てます　いろりばた

明るい明るい　星の空
鳴き鳴き夜鴨《よがも》の　渡る夜は
ああ　父さんの　あの笑顔
栗の実　食べては　思い出す

あんなこと　こんなこと

(　　年　　月　　日) 記

里の秋

作詞／斎藤信夫 ● 1945　里の秋　昭和20年 ● 作曲／海沼実

終戦の年、昭和20年の暮れにNHKラジオで「外地引き揚げ同胞激励の午後」という特別番組のなかでこの歌は放送された。歌ったのは戦時中、激しい空襲のなかでも元気な歌声をラジオで全国に届けていた少女歌手、川田正子であった。たちまちこの歌は、戦地に赴《おもむ》いている父や夫の無事の帰還を祈る人々の心に響き、大きな共感を呼んだのである。

静かに更けてゆく秋の夜の情景の中に、家の中で火を囲む母と子の姿がある。しかしそこに父の姿はない。しみじみとした情感が漂い、はるかな遠い地への母と子の思いが伝わってくる。

※3番の歌詞

さよなら　さよなら　椰子《やし》の島
お舟に　ゆられて　帰られる
ああ　とうさんよ　御無事でと
今夜も　かあさんと　祈ります

終戦時点で教職にあった作詞者の斎藤信夫は、終戦と同時に職を辞していたが、この歌の成功もあり、一年後に復帰、以後教職を続けながら多くの童謡作品を残している。

また、作曲の海沼実も、戦前から主宰していた児童合唱団「音羽ゆりかご会」の活動を中心に素晴らしい童謡の世界の普及に生涯を捧げたのである。

♩=96
しずかーなー　しずかな　さとのあーき
おせどーにー　きのみの　おちるーよは
ああかあ　さんーと　ただふたーり
くりのみー　にてーます　いろーりばーた

紅葉《もみじ》

秋の夕日に　照る山紅葉《やまもみじ》
濃《こ》いも薄いも　数ある中に
松をいろどる　楓《かえで》や蔦《つた》は
山のふもとの　裾模様《すそもよう》

渓《たに》の流《なが》れに　散り浮く紅葉
波にゆられて　離れて寄って
赤や黄色の　色さまざまに
水の上にも　織《お》る錦《にしき》

あんなこと　こんなこと

（　　年　　月　　日）記

旧信越本線、〝峠の釜めし〟で有名な横川駅。この横川駅〜軽井沢駅間の碓氷《うすい》峠の紅葉が、この唱歌のモデルになっているといわれている。車窓に映るこのあたりの四季の風景は変化に富み、秋の紅葉も格別に美しかったであろうと想像される。歌詞には、渓流の流れの中にも紅葉が織りなす豊かな色彩が見事に表現されている。

作詞の高野辰之は北信州の生まれ。明治42年に文部省の唱歌編集委員となり、以後積極的に作詞活動を始めている。碓氷峠は高野が東京と故郷を往復する際必ず通る場所でもあった。もちろん、高野の生家のある豊田村（現・中野市）の豊かな秋の風景もこの歌のイメージのなかにあることも当然のことであろう。

紅葉

作詞／高野辰之 ● 1911　明治44年 ● 作曲／岡野貞一

なお、作曲は文部省唱歌では高野と名コンビといわれている岡野貞一である。

♩=92
あきのゆうひに　てるーやまもみーじ
こいもうすいも　かずーあるなかに
まつをいろどる　かえーでやーつたは
やまのふもとの　すそーもよう

野菊

遠い山から
吹いて来る
こ寒い風に
ゆれながら
けだかく清《きよ》く
におう花
きれいな野菊《のぎく》
うすむらさきよ

秋の日ざしを
浴びてとぶ
とんぼを軽《かろ》く
休ませて
しずかに咲いた
野辺の花
やさしい野菊
うすむらさきよ

あんなこと　こんなこと

（　　年　月　日）記

この歌の作詞者である石森延男（札幌市出身）を有名にしたのは小説『コタンの口笛※』（一九五七〈昭和32〉年）の出版であった。戦前の石森は旧満州での教育活動に情熱を傾けていたが、内地に戻って（昭和14年）からは文部省で国定教科書の編集などに従事していた。しかし、太平洋戦争下、戦意高揚が第一とされた時代にこの「野菊」のような抒情豊かな唱歌が作られたことは驚きであり、そのことは石森延男がこの歌にかけた執念のような熱意を感じさせるものである。

一方、作曲をした下総皖一《しもふさかんいち》は埼玉県出身。利根川沿いの農村で秋には清楚な野菊も咲き、冬になると寒い空《から》っ風が吹く田園地帯だったという。下総は他にも「蛍」「花火」「電車ごっこ」「たなばたさま」など多くの優れた童謡、唱歌の作曲を手がけている。

※「コタン」……アイヌ語で〝ちいさな村〟の意

作詞／石森延男 ● 1942 **野菊** 昭和17年 ● 作曲／下総皖一

♩＝54
と　おい　やまから　ふい　てーく　る
こ　さ　む　い　か　ぜ　に　ゆ　れ　なーが　ら
け　だーか　く　き　よ　く　に　お　う　は　な
き　れい　な　の　ぎ　く　う　す　む　ら　さ　き　よ

旅愁

更け行く秋の夜
　旅の空の
わびしき思いに
　ひとりなやむ
恋しやふるさと
　なつかし父母
夢路にたどるは
　故郷《さと》の家路
更け行く秋の夜
　旅の空の
わびしき思いに
　ひとりなやむ

窓うつ嵐に
　夢もやぶれ
遥《はる》けき彼方《かなた》に
　こころ迷う
恋しやふるさと
　なつかし父母
思いに浮かぶは
　杜《もり》のこずえ
窓うつ嵐に
　夢もやぶれ
遥けき彼方に
　こころ迷う

あんなこと　こんなこと

（　　年　月　日）記

この歌の原曲はアメリカの作曲家・オードウェイにより作られている。作詞は犬童球渓《いんどうきゅうけい》で、熊本県人吉市出身。ペンネームの球渓は故郷の球磨川渓谷がその由来である。東京音楽学校（現・東京芸術大学音楽学部）を卒業したが、国語教員の免許も取得するなど詩歌の世界への造詣も深かった。卒業後は順調に音楽教師の道を歩み始めたのだが、望郷の想いが強かったのであろう、30才のときには熊本に帰郷している。実は、熊本に戻る前の赴任地（新潟）で発表されたのがこの「旅愁」や「故郷《こきょう》の廃家《はいか》」など、今に残る珠玉の作品であった。

季節は晩秋、断ち難い望郷の念、球渓は自らの想いをこのメロディーに乗せて美しい日本語で一遍の詩に昇華させたのである。

球渓は、今も人吉市民誇りの人である。人吉城址には歌碑が建立され、市内では毎秋、記念の音楽祭が開かれている。「旅愁」の大合唱で始まり「故郷の廃家」で終わるという。

旅愁

作詞／犬童球渓 ● 1907 　明治40年 ● 作曲／オードウェイ

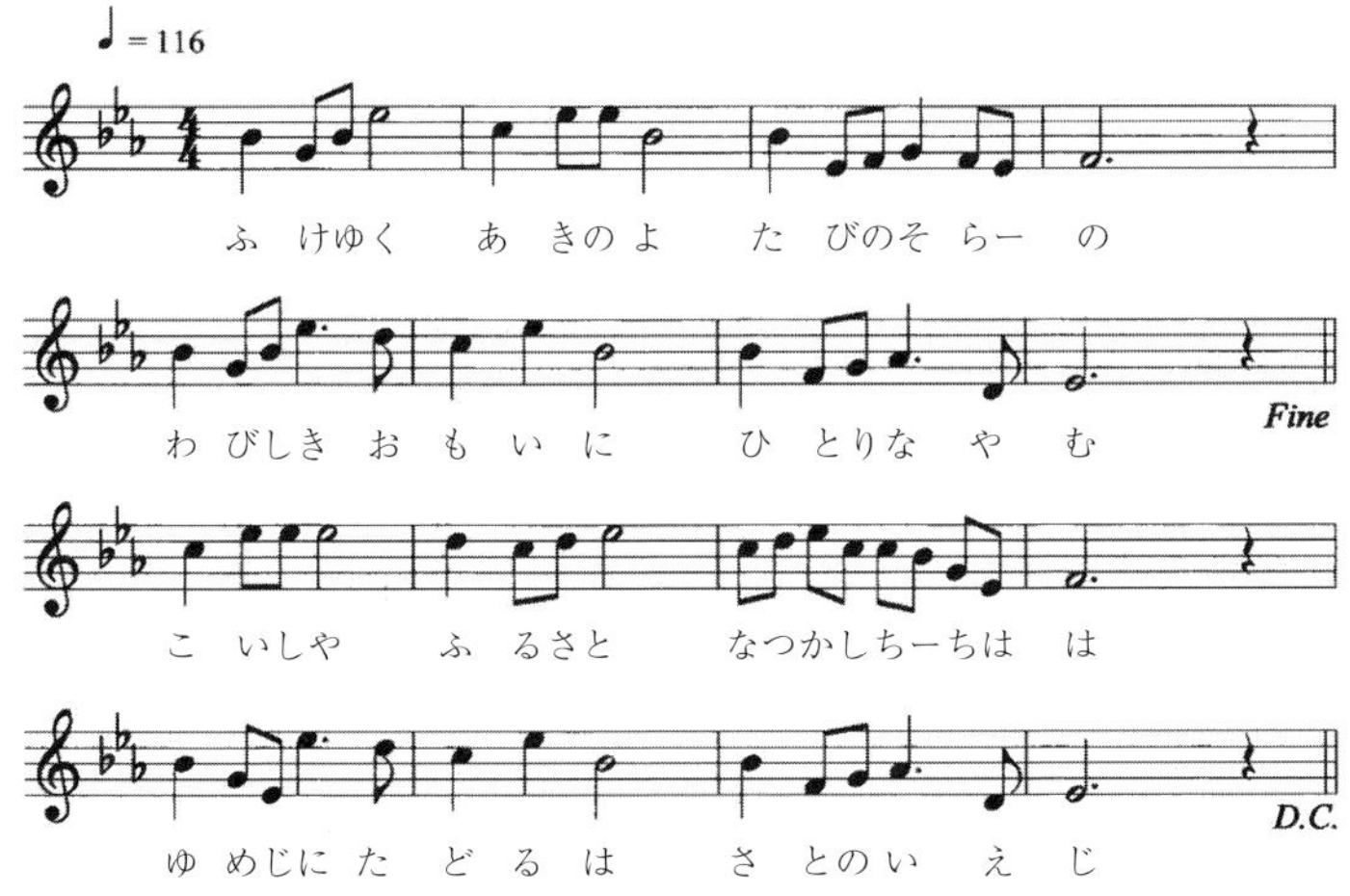
♩=116
ふ けゆく あ きのよ た びのそ らー の
わ びしき お も い に ひ とりな や む
Fine
こ いしや ふ るさと なつかしちーちは は
ゆ めじにた ど る は さ とのい え じ
D.C.

たきび

かきねの　かきねの　まがりかど
たきびだ　たきびだ　おちばたき
「あたろうか」「あたろうよ」
きたかぜぴいぷう　ふいている

さざんか　さざんか　さいたみち
たきびだ　たきびだ　おちばたき
「あたろうか」「あたろうよ」
しもやけ　おててが　もうかゆい

あんなこと　こんなこと

（　　年　　月　　日）記

昭和16年12月、NHKラジオ番組の新作童謡としてこの「たきび」は放送された。しかし、その前日（12月8日）に太平洋戦争開始となり、この歌はわずか2回の放送で中止となった。戦時の統制経済下で、落ち葉も貴重な燃料、無駄に燃やすのは…・、焚き火は敵の攻撃目標に…・などという背景があったと思われる。

そしてこの童謡が再び世に出たのは実に8年後、戦後の昭和24年にNHKラジオ「うたのおばさん」で安西愛子が歌ってからである。今では作詞した巽聖歌《たつみせいか》（岩手県紫波町出身）が住んでいた東京・中野区上高田にはこの歌の舞台「かきねの、かきねの、まがりかど」が実在し、そこにはこの童謡の発祥の地である旨の立札がある。

作詞／巽 聖歌 ● 1941　**たきび**　昭和16年 ● 作曲／渡辺茂

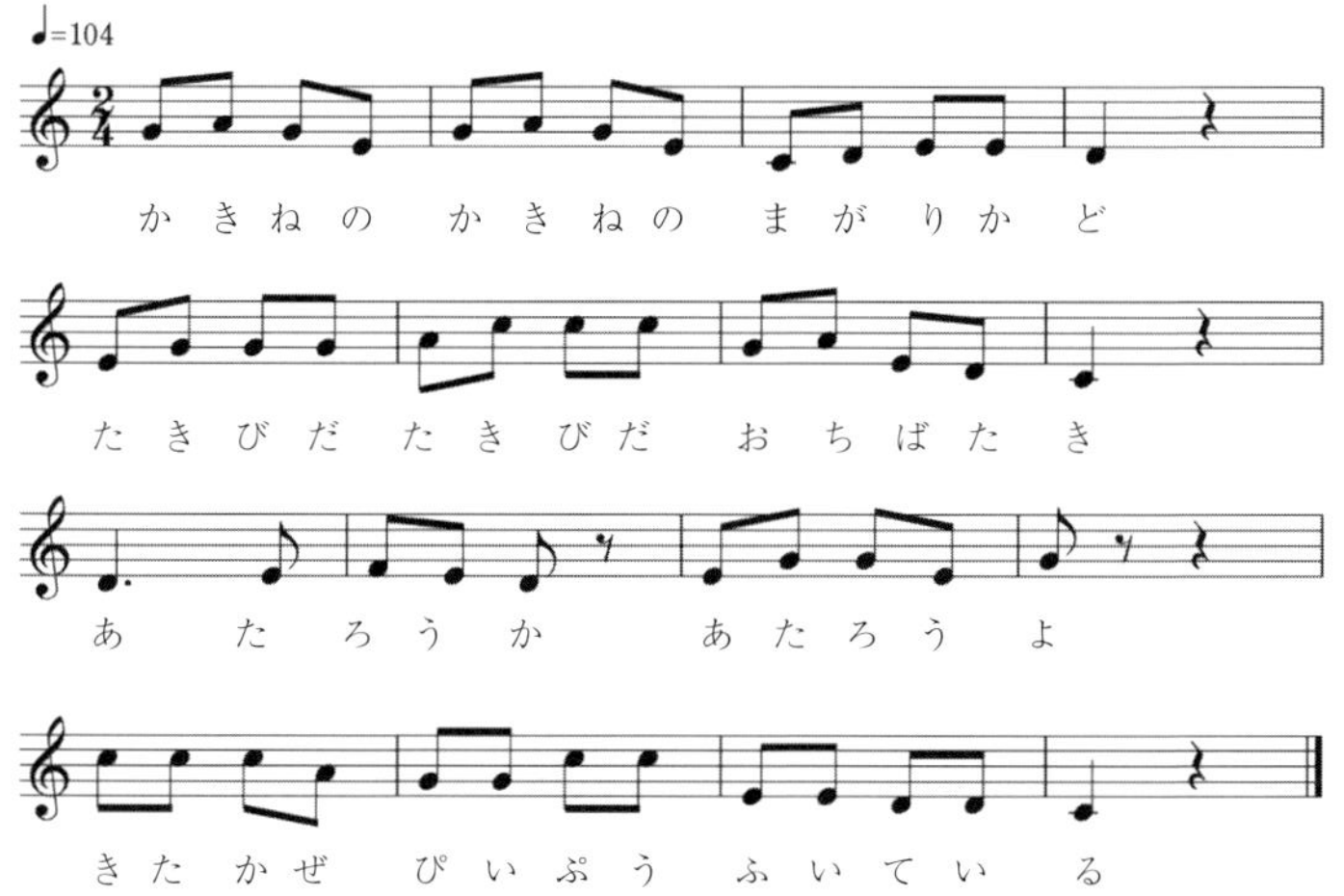

作曲の渡辺茂は東京・本郷出身。日本中の数多くの学校の校歌を作曲した音楽家であった。

冬景色

さ霧《ぎり》消ゆる　湊江《みなとえ》の
舟に白し　朝の霜
ただ水鳥の　声はして
いまだ覚《さ》めず　岸の家

烏《からす》啼《な》きて　木に高く
人は畑《はた》に　麦を踏む
げに小春日《こはるび》の　のどけしや
かえり咲《ざき》の　花も見ゆ

嵐《あらし》吹きて　雲は落ち
時雨《しぐれ》降りて　日は暮れぬ
もし燈火《ともしび》の　漏《も》れ来ずば
それと分《わ》かじ　野辺の里

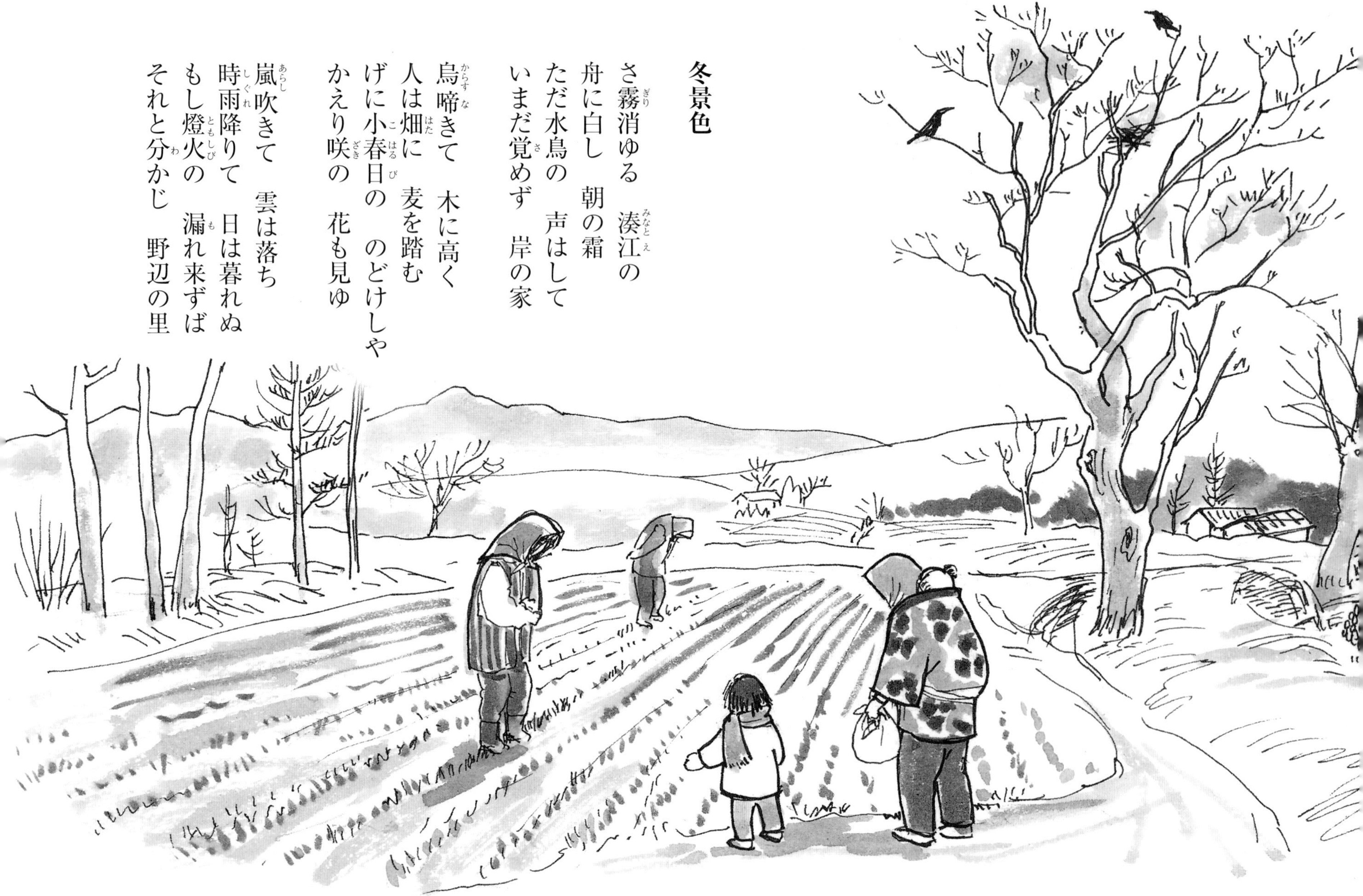

あんなこと　こんなこと

（　　年　　月　　日）記

は、〝もし人家の灯《あかり》が漏れてこなければ、人が住んでいるあたりだとはわからないだろう〟

冬景色

作詞／不詳 ● 1913　大正2年 ● 作曲／不詳

初冬の野辺の里の情景を格調高く見事な日本語で表現した歌詞である。一番の歌詞は凛《りん》とした冷気につつまれた冬の日の朝、二番は厳しい冬の寒さが続く時期に時として訪れるのどかな小春日和《こはるびより》の昼の情景、三番は冷たい風雨となった初冬の里の嵐の夜を詠っている。

美しい日本語の歌詞とリズミカルな三拍子のメロディーが印象的なこの唱歌の作詞者、作曲者は残念ながらいまだ不明のままである。

※二番の「人は畑に　麦を踏む」とは、しっかり根付かせるために麦の芽を畑に踏みつける農作業のこと

※三番の「もし燈火の　漏れ来ずば」「それと分かじ　野辺の里」

さ ぎ り　き　ゆ る　み な と え の
ふ　ね に　し　ろ し　あ　さ の し も
た　だ　み ず と り の　こ　え は し　て
い　ま　だ　さ　め ず　き　し の い　え

冬の星座

木《こ》枯《が》らし途《と》絶《だ》えて　冴《さ》ゆる空より
地上に降《ふ》りしく　奇《くす》しき光よ
もの皆憩《いこ》える　しじまの中に
きらめき揺れつつ　星座は巡《めぐ》る

……あんなこと　こんなこと……

（　　年　　月　　日）記

※「奇《くす》しき光」……不思議な光

※「しじま」……静まり返っていること。

冬は夜空の星が一段と美しく輝く季節である。静かに澄み切った冬の夜、満天の星空を見上げるとき、わたしたちは何を思うだろうか。

この歌は戦後の昭和22年、最後の文部省唱歌として教科書に掲載、発表された曲のひとつである。もともとこの曲はアメリカの作曲家・ヘイスにより作られた曲で、すでに明治期に「他郷の月」というタイトルで日本語の歌詞がつけられ発表されていたという。その後、忘れ去られていたが、戦前から西欧の音楽を積極的にとり入れた活動を続け、戦後も幅広い音楽活動を継続したことで知られる堀内敬三（東京・神田生まれ）の新しい作詞でこの名曲は復活した。荘厳な冬の夜空が格調高い美しい日本語で表現されている。

冬の星座

作詞／堀内敬三 ● 1947　昭和22年 ● 作曲／ヘイス

♩＝88
こ　がらしとだ　え　て　さ　ゆるそらよ　り
ち　じょうにふり　し　く　く　すしきひか　り　よ
も　のみないこ　え　る　し　じまのなか　に
き　らめきゆれ　つ　つ　せ　いざはめぐ　る

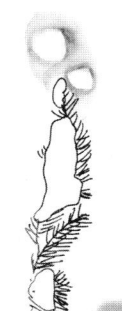

雪

雪やこんこ　霰《あられ》やこんこ
降っては降っては　ずんずん積《つも》る
山も野原も　綿帽子《わたぼうし》かぶり
枯木《かれき》残らず　花が咲く

雪やこんこ　霰やこんこ
降っても降っても　まだ降りやまぬ
犬は喜び　庭駈《か》けまわり
猫は火燵《こたつ》で　丸くなる

あんなこと　こんなこと

（　　年　月　日）記

雪やあられが降り続く冬の日の情景が、子どもたちの目線で明るく楽しくリズミカルに表現されている。この歌が百年以上も前に作られた歌であることを全く感じさせない元気で楽しい歌である。

この「雪」は明治44年、「尋常小学唱歌」として発表された歌であるが、残念ながら作詞者、作曲者はいまだに明らかになっていない。この歌の最大の特徴は、それまでの難しい文語体の歌詞ではなく、分かり易い話し言葉で書かれた唱歌であることである。天才的な作曲家とまで言われた滝廉太郎（明治36年没、23才）が「子どもの話言葉で唱歌を作る」という発想で積極的な音楽活動をしていたことから、この歌もその影響を強く受け、その流れの中で生まれた唱歌だったと考えられている。

雪

作詞／不詳　●　1911　雪　明治44年　●　作曲／不詳

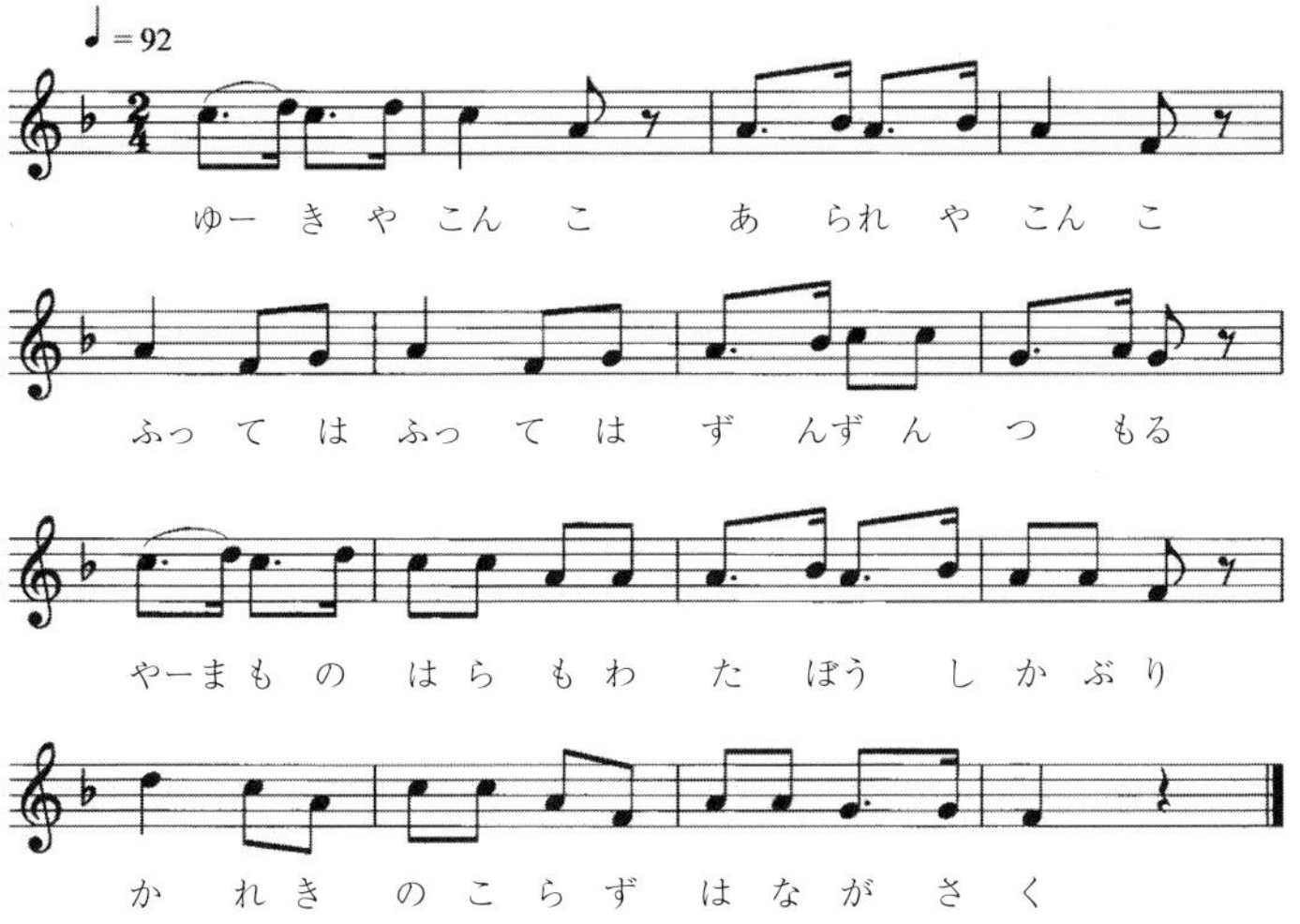
♩=92
ゆーきやこんこ　あられやこんこ
ふってはふってはずんずんつもる
やーまものはらもわたぼうしかぶり
かれきのこらずはながさく

浜千鳥

青い月夜の
浜辺には
親を探して
鳴く鳥が
波の国から
生まれでる
濡れたつばさの
銀の色

夜鳴く鳥の
悲しさは
親を尋《たず》ねて
海こえて
月夜の国へ
消えてゆく
銀のつばさの
浜千鳥

あんなこと　こんなこと

（　　年　月　日）記

作曲の弘田龍太郎は、児童文学者の鈴木三重吉が大正期に創刊した『赤い鳥』の童話創作運動に共鳴し、数々の優れた作品を発表している。一方、作詞の鹿島鳴秋《かしまめいしゅう》（東京・深川生まれ）も『赤い鳥』と並ぶ人気の雑誌『少女号』の編集長であり、詩人、劇作家としても活躍していた。

六才で実の両親と生き別れ、祖父母に育てられたという鳴秋が、別れた親を慕う気持ちがこの「浜千鳥」の歌詞によくあらわれており、加えて弘田の曲のやさしい繰り返しのメロディーと相まってロマンチックな淋しさ、いとおしさが胸に響いてくる。当時の女学生たちに抜群の人気の歌であったこともうなずける。

かつて鹿島鳴秋が友人を訪ねておとずれた新潟県の柏崎に、この歌の着想を得たとされる静かな詩情をたたえる日本海がある。今ではその海辺の海浜公園に記念の詩碑が建立されており、さらに鳴秋が一時期暮らしていた房総半島の和田浦にも歌碑がつくられている。

作詞／鹿島鳴秋　●　1920　**浜千鳥**　大正9年　●　作曲／弘田龍太郎

あおいつきーよの　はまべーには　ー
おやをさがーして　なーくとーりが　ー
なみのくにから　うまれーでる　ー
ぬれたつばーさの　ぎんのいろ　ー

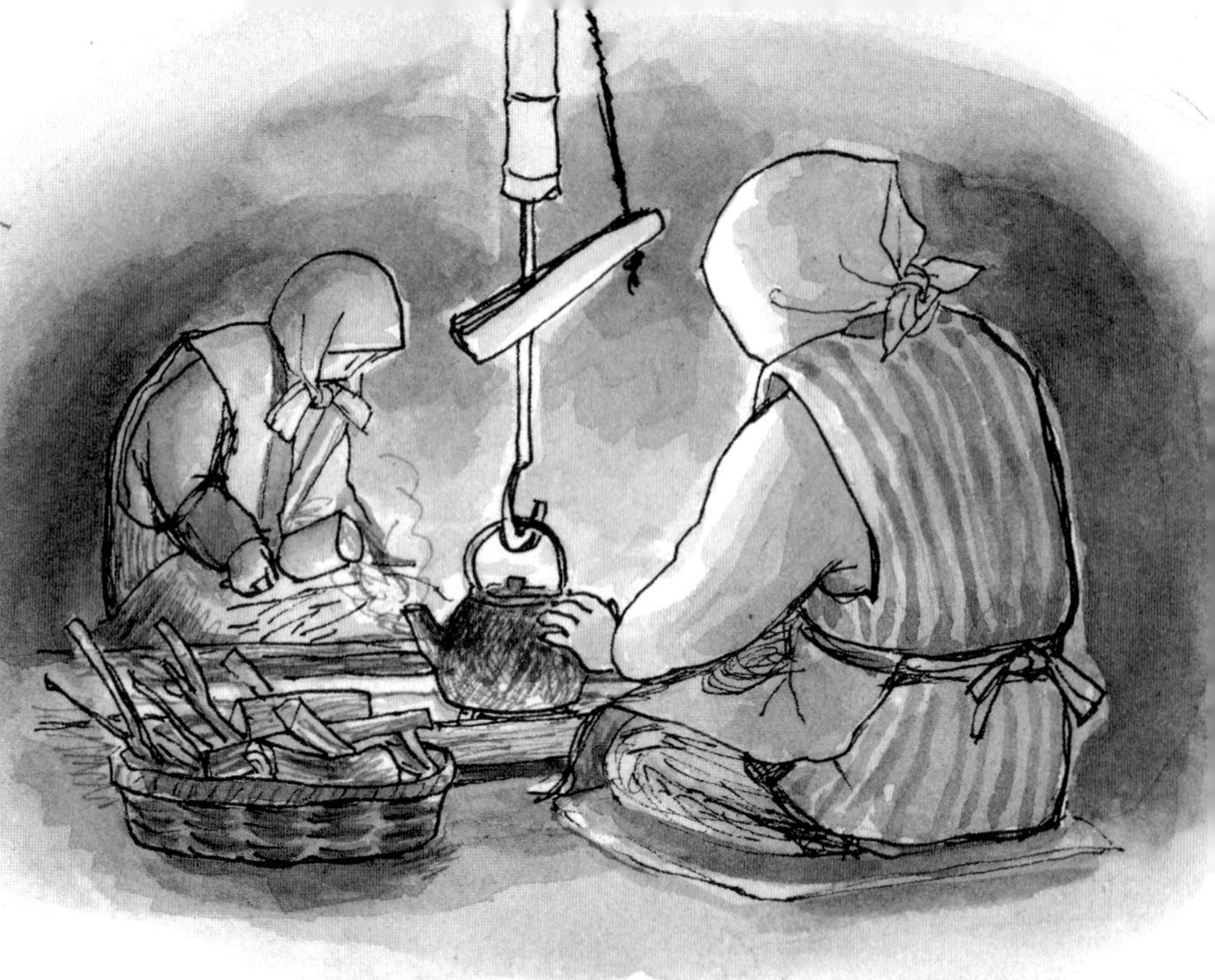

かあさんの歌

かあさんは　夜なべをして
手ぶくろ　編んでくれた
「こがらし吹いちゃ
つめたかろうて
せっせと編んだだよ」
故郷《ふるさと》のたよりはとどく
いろりのにおいがした

かあさんは　麻糸《あさいと》つむぐ
一日　つむぐ
「おとうは土間《どま》で
藁《わら》打ち仕事
おまえもがんばれよ」
故郷の冬はさみしい
せめて　ラジオ聞かせたい

かあさんの　あかぎれ痛い
生味噌《なまみそ》をすりこむ
「根雪《ねゆき》もとけりゃ
もうすぐ春だで
畑が待ってるよ」
小川のせせらぎが聞こえる
なつかしさがしみとおる

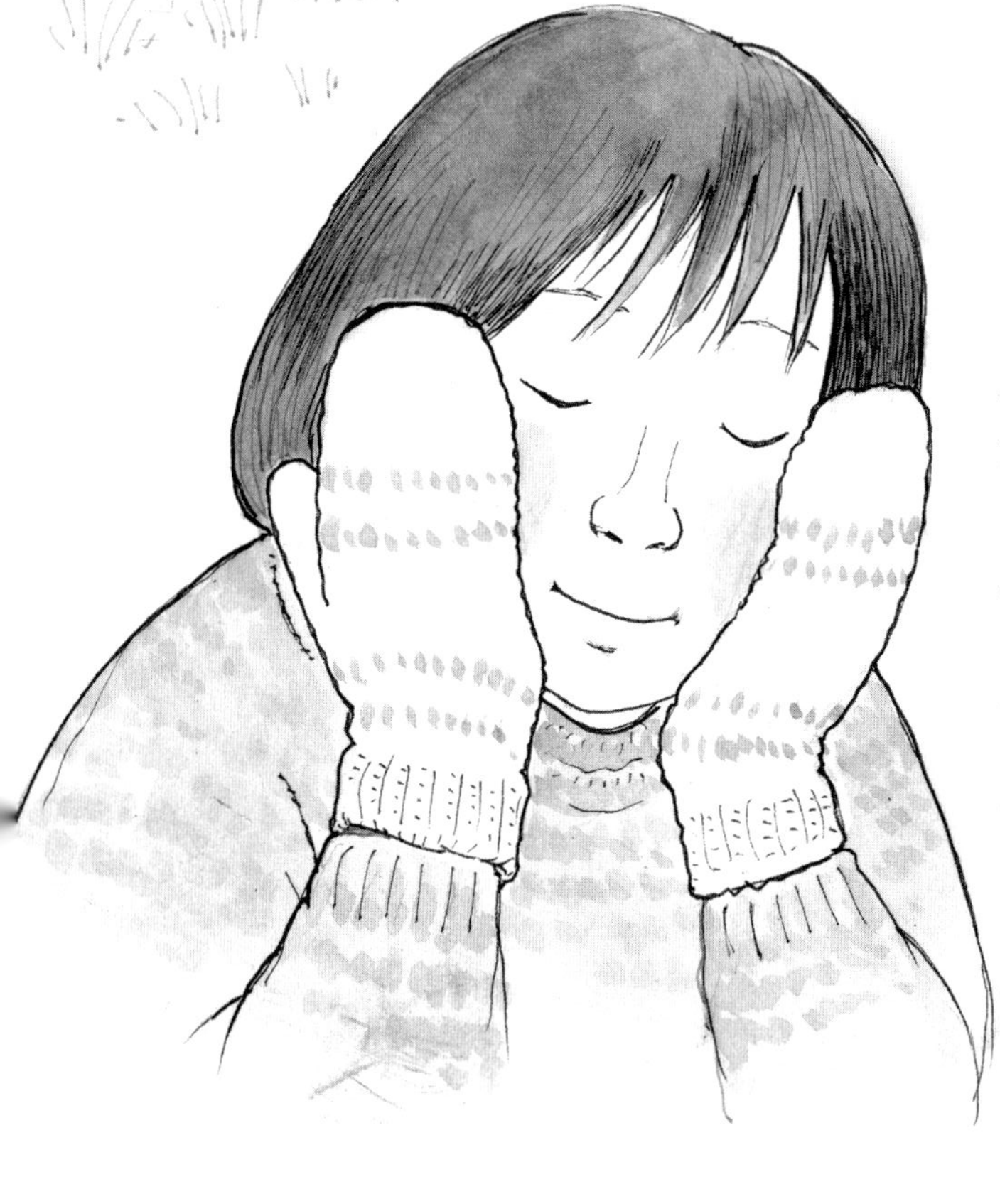

あんなこと　こんなこと

（　　年　　月　　日）記

かあさんの歌

作詞／作曲 ● 1958　昭和33年 ● 窪田聡

戦後のめざましい復興がすすむなかで（昭和20年代後半～30年代後半）、集団就職や大学への進学などで地方から都会に多くの若者たちが集まって来た。こうした若者たちを中心に歌声喫茶ブームは始まった。リーダーによるアコーディオンなどの伴奏でロシア民謡を合唱するなどして、戦後復興の明るい時代の空気と、不安を抱きつつも希望溢れる未来を若者たちは共有したのである。

作詞・作曲の窪田聡は東京生まれだが、戦時中の空襲が激しくなってからは父親の出身地の信州新町（現・長野市）に疎開していた。戦争が終わり、若者のための新しい音楽活動に取り組んでいた窪田は、疎開していた頃の思い出と重ね合わせながら、都会に出てきた地方の若者たちのふるさとへの想いをこの歌に綴ったのである。母親のやさしさとそのぬくもり……凍えるような寒さの冬の時期、母親への想いはより強く故郷への郷愁に重なる。

のちにこの「かあさんの歌」はNHK「みんなのうた」の番組でも連日放送される（歌・ペギー葉山）などして、歌声喫茶の定番曲ともなっていったのである。

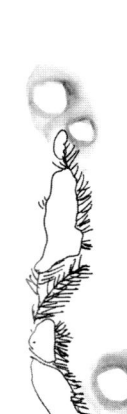

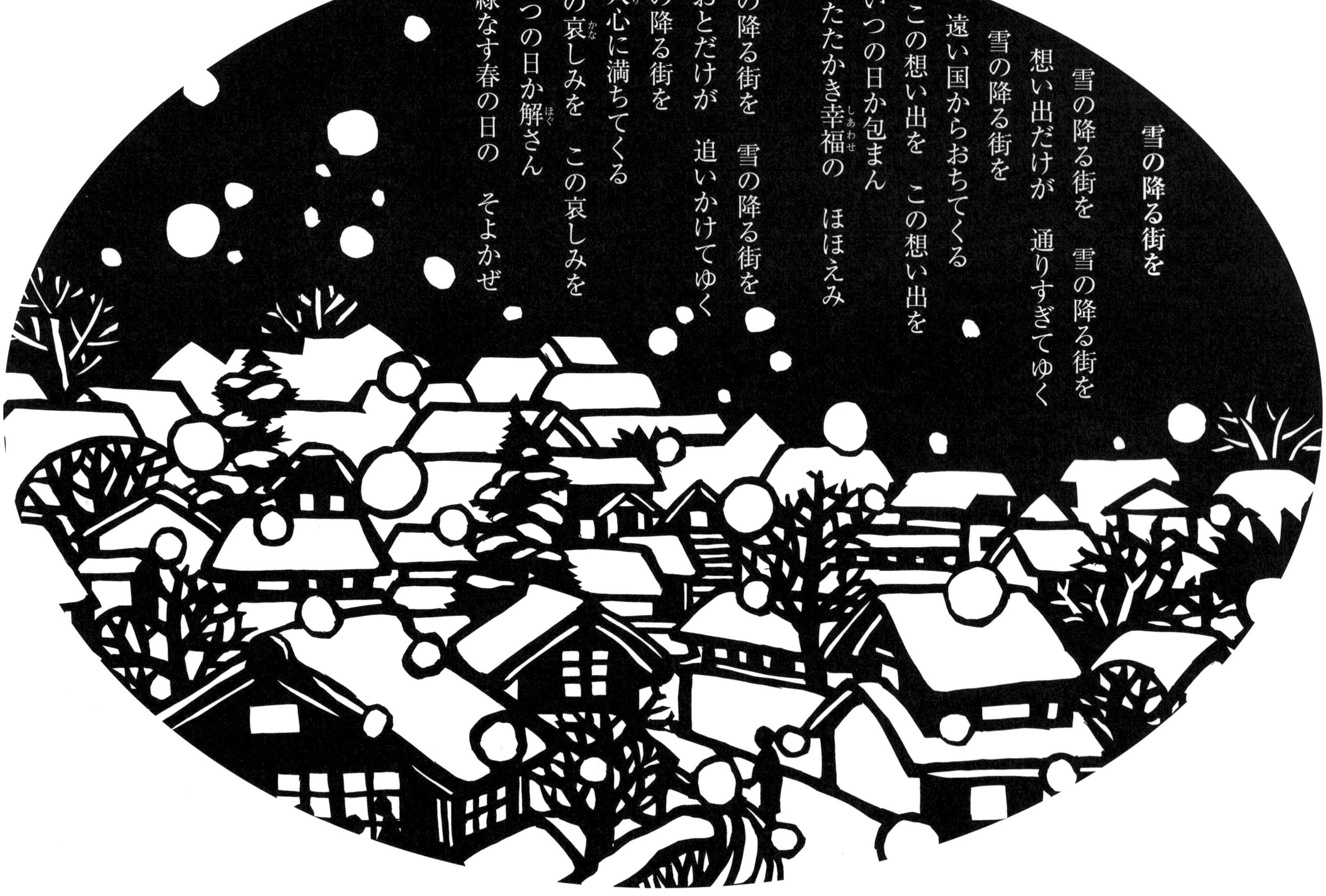
雪の降る街を
雪の降る街を　雪の降る街を
想い出だけが　通りすぎてゆく
雪の降る街を
遠い国からおちてくる
この想い出を　この想い出を
いつの日か包まん
あたたかき幸福《しあわせ》の　ほほえみ
雪の降る街を　雪の降る街を
足おとだけが　追いかけてゆく
雪の降る街を
一人《ひとり》心に満ちてくる
この哀《かな》しみを　この哀しみを
いつの日か解《ほぐ》さん
緑なす春の日の　そよかぜ

あんなこと　こんなこと

（　　年　　月　　日）記

昭和24年にNHKラジオで放送が開始された連続放送劇「えり子と共に」は大変な人気番組だった。そして、昭和26年の暮れにドラマが放送された際に、挿入歌としてこの「雪の降る街を」が全国に流れたのである。

歌の歌詞はこのラジオドラマの台本を担当していた内村直也（東京生まれ）が、しんしんと降り続く雪の夜の情景に憧れがあり、それを抒情的に綴ったものだと伝えられている。放送終了後、たちまち大反響となり、この歌に対する問い合わせが続いたという。こうして「雪の降る街を」の人気は定着し、今日まで続く冬の定番の曲となっていったのである。

一方、この歌のメロディーにもそれが生まれたドラマがあったという。作曲家の中田喜直が山形県鶴岡市を訪れた冬の夜のことである。駅を降り、馬そりに乗って降り続く雪の道を訪問先に向かっていた。その時の美しい幻想的なイメージがこのメロディーを生んだのだといわれている。このことから今でも毎年2月には「鶴岡音楽祭」が開催され、「雪の降る街を」の大合唱がこの音楽祭のフィナーレを飾っている。

雪の降る街を

作詞／内村直也　●　1952　昭和27年　●　作曲／中田喜直

♩＝72
ゆきのふるまちを　ゆきのふるまちを
おもいでだけがとおりすぎてゆくーゆきのふるまちを　とお
いくにかーらおちてくるこのおもいでをこのおもいでをいつ
のひかつつまん　あたたかきしあわせのほほえ
み

◇この本で紹介した童謡・唱歌の作詞者、作曲者一覧◇

季節	曲名	作詞	作曲	年
	故郷	作詞／高野辰之	作曲／岡野貞一	大正3
春	早春賦	作詞／吉丸一昌	作曲／中田章	大正2
春	どこかで春が	作詞／百田宗治	作曲／草川信	大正12
春	春が来た	作詞／高野辰之	作曲／岡野貞一	明治43
春	春の小川	作詞／高野辰之※	作曲／岡野貞一	昭和17
春	仰げば尊し	作詞／不詳	作曲／不詳	明治17
春	朧月夜	作詞／高野辰之	作曲／岡野貞一	大正3
春	鯉のぼり	作詞／不詳	作曲／弘田龍太郎	大正2
夏	みかんの花咲く丘	作詞／加藤省吾	作曲／海沼実	昭和21
夏	夏は来ぬ	作詞／佐佐木信綱	作曲／小山作之助	明治33
夏	夏の思い出	作詞／江間章子	作曲／中田喜直	昭和24
夏	雨	作詞／北原白秋	作曲／弘田龍太郎	大正7
夏	たなばたさま	作詞／権藤はなよ	作曲／下総皖一	昭和16
夏	花火	作詞／井上赳	作曲／下総皖一	昭和16
夏	夕日	作詞／葛原しげる	作曲／室崎琴月	大正10
秋	小さい秋見つけた	作詞／サトウハチロー	作曲／中田喜直	昭和30
秋	村祭	作詞／葛原しげる	作曲／南能衛	明治45
秋	赤とんぼ	作詞／三木露風	作曲／山田耕筰	大正10
秋	里の秋	作詞／斎藤信夫	作曲／海沼実	昭和20
秋	紅葉	作詞／高野辰之	作曲／岡野貞一	明治44
秋	野菊	作詞／石森延男	作曲／下総皖一	昭和17
秋	旅愁	作詞／犬童球渓	作曲／オードウェイ	明治40
冬	たきび	作詞／巽聖歌	作曲／渡辺茂	昭和16
冬	冬景色	作詞／不詳	作曲／不詳	大正2
冬	冬の星座	作詞／堀内敬三	作曲／ヘイス	昭和22
冬	雪	作詞／不詳	作曲／不詳	明治44
冬	浜千鳥	作詞／鹿島鳴秋	作曲／弘田龍太郎	大正9
冬	かあさんの歌	作詞／窪田聡	作曲／窪田聡	昭和33
冬	雪の降る街を	作詞／内村直也	作曲／中田喜直	昭和27

※補作詞／林柳波

〔編者／文〕**望月　平**

1946年生まれ。北杜市小淵沢町在住。早稲田大学卒。長年、絵本を中心に出版の仕事に従事。1993年、八ヶ岳の山麓に絵本専門の美術館を開設する。以来、国内外の絵本の紹介を通して、大人のための絵本の世界づくりを提案している。

〔絵〕**近藤 泉**

1950年生まれ。松本市在住。小学生のころから切紙絵に興味をもつ。信州大学卒、専門は野鳥（動物生態）研究。その後、日本美術会付属研究所にて油絵、木版、銅版、石版、木炭デッサン、日本画デッサンなど、絵画の基礎を学ぶ。以後、子どもや農業関係の雑誌のイラスト、創作民話の挿絵、切り絵講座講師などを担当。地域農業振興のための活動を行っている。

〔協力〕**渡辺秀康**

1945年生まれ。松戸市在住。中央大学卒。プロデュース業を通じてクリエイティブな活動を幅広く続け、近年ではふるさと活性化事業にも力を注いでいる。趣味は落語・川柳。“ほそおもて三四郎”のペンネームでくり出す軽妙、洒脱な風刺表現は年輪とともにその輝きを増している。

四季のふるさと うたのたより 新版

—なつかしい童謡・唱歌・こころの歌とともに—

2019年1月17日　第1刷発行

編者／文　望月　平
絵　近藤　泉
協力　渡辺秀康

発行者　坂本喜杏
発行所　株式会社冨山房インターナショナル
〒101-0051　東京都千代田区神田神保町1-3
TEL 03(3291)2578　FAX 03(3219)4866
www.fuzambo-intl.com

印　刷　東京平版株式会社
製　本　加藤製本株式会社

ISBN978-4-86600-059-6 C0073　NDC767
JASRAC 出 1812089-801

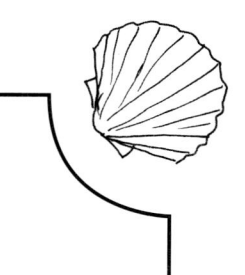

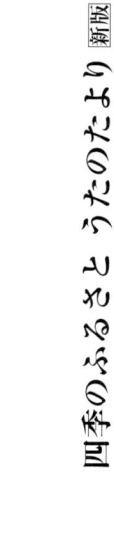

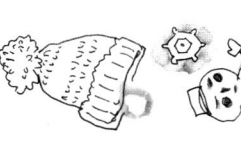

わたしのふるさと・わたしの家族

名　前：

誕生日：　　　　年　　　月　　　日

出身地：

住　所：

—わたしの歩み—

年：

年：

年：

年：

年：

年：

年：

年：

年：

年：

あなたのふるさとや
家族の写真を
貼りましょう！

あなたのふるさとや
家族の写真を
貼りましょう！

色エンピツで塗ってみました!

図書館評論

The Library Review

第44回研究集会の報告

- 公設公営による図書館整備と運営
- 学びの環境を耕す
- 公共図書館における読書のアニマシオンの取り組み
- イノベーションとしての課題解決支援サービス
- サインは自由に考える

JULY
2018
no.59

図書館問題研究会